이 책에 사용된 그림은 에곤 실레의 작품입니다.

두근두근

반짝이는 설렘을
간직한다는 것

월간
정여울

천년의상상

차례

반짝이는
설렘을
간직한다는
것

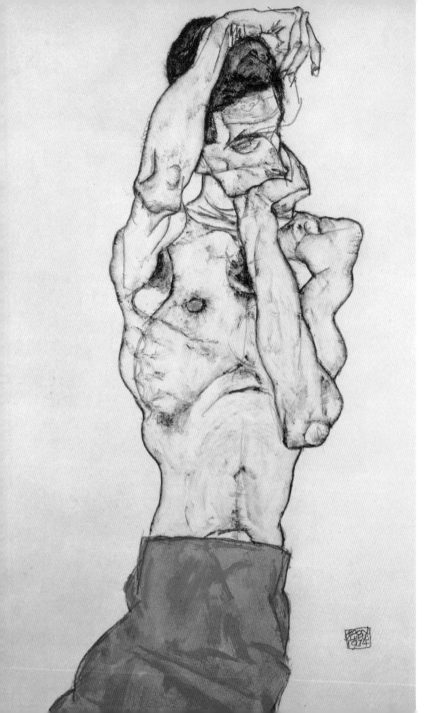

들어가는 말

두근두근, 반짝이는
설렘을 간직한다는 것

나이가 들수록 첫사랑의 설렘, 첫 시작의 설렘을 간직한다는 것이 얼마나 어려운지를 절감하게 된다. 아무리 열심히 새로운 실험에 도전해도, '처음'의 설렘보다는 두근거림이 덜해지기 마련이니까. 나는 내 가장 소중한 꿈인 '글쓰기'가 매너리즘에 빠질 위기에 처할 때마다 '처음 데뷔할 때의 설렘'을 떠올리며 그 간절함과 절실함을 되새겨본다. 하지만 이제는 그 되새겨봄 자체가 '반복'을 거듭하다 보니 또 하나의 익숙한 습관이 되어버려 약효가 떨어질 때도 있다. 그럴 때는 또 다른 종류의 설렘을 생각해본다. 처음 홀로 배낭 하나 달랑 메고 유럽 여행을 떠났을 때

의 두근거림, 처음 사랑하는 사람의 손을 잡았을 때 그 쿵쾅
거리던 심장박동 소리, 첫 조카가 태어났을 때 그 앙증맞은
손가락과 발가락, 뜨지도 못한 눈을 바라보며 가슴이 찡해
지던 기억. 그 모든 '첫 마음'의 소중함을 되새겨보며 삶이 우
리에게 선물하는 눈부신 설렘의 기적이야말로 우리를 권태
에 빠지지 않도록 하는 영혼의 오아시스임을 깨닫곤 한다.
15년 동안 '글쟁이'로 살아오면서 나에게 가장 큰 설렘으로
다가왔던 책, '월간 정여울' 시리즈를 마무리하는 지금 이 순
간이야말로 나에게는 최고의 두근거림으로 다가온다.

　나이가 들수록 '새로운 설렘의 방'이 마음속에서 생겨난
다는 것은 엄청난 축복이 아닐까 싶다. 얼마 전에는 외국에
살고 있는 친구의 집에 방문했다가 나도 모르게 '이런 집에
살 수 있다면 얼마나 좋을까' 하는 준비되지 않은 설렘의 감
정에 푹 빠져들었다. 빽빽한 빌딩 숲속에서 잿빛 콘크리트
건물의 한구석을 차지하기 위해 아등바등하는 삶을 벗어나,
아름다운 호수와 평화로운 산책로가 있는 교외의 2층집에
서 마음껏 아이를 뛰어놀게 하는 친구의 모습이 어찌나 행
복해 보였는지. 새벽에 눈뜨자마자 출근 준비를 하고 저녁
에 늦게 들어오는 삶을 지속하는 일상은 변함없지만, 집에

돌아왔을 때 마치 숲속에 나만의 월든이 존재하는 것 같은 들뜬 기분이 되지 않을까. 나는 마치 애니메이션 「빨간 머리 앤」에 나오는 '초록 지붕 집'의 환상이 현실에서 이루어진 것 같은 기분에 사로잡혔다. 내 집도 아닌데 마치 '언젠가는 나도 이런 집에서 살고 싶다'는 소원이 잠깐이나마 이루어진 듯한 행복한 착시가 느껴졌다. 실로 오랜만에 느껴보는 두근거림이었다. 나에게는 '소원이 이루어지지 않는 현실'에 익숙해지면 그 소원 자체를 파기해버리는 마음의 습관이 있다. 나는 초록 지붕 집 같은 아름다운 숲속의 저택을 꿈꿨지만 그 소원이 이루어지지 않는다는 현실에 익숙해져 '꿈꾸는 법' 자체를 잊어버린 것이었다.

널찍한 주방에서 남편이 파스타와 샐러드를 만들고, 친구들과 둘러앉아 와인을 마시고, 거실에서 줄넘기와 맨손체조를 해도 아무도 '층간 소음'을 느낄 수 없는 편안한 단독주택에서 살고 있는 친구를 바라보면서, 나는 단순한 부러움이 아닌 기분 좋은 '두근거림'을 느꼈다. 친구는 딸아이의 행복한 미소를 바라보며 직장 생활의 스트레스도 다 잊는 것 같았다. 아파트에서는 "뛰지 마", "소리 내지 마"라는 훈육에 익숙했던 아이가 지금은 하루 종일 천방지축 뛰어놀아도 아무도 뭐라고 하는 사람이 없으니 이 집에서 가장 행복한 사람은 역시 친구의 딸이었다. 내가 지금 누릴 수 있는 행복이 아니더라도, 내 소중한 친구가 행복하게 살고 있다는 이유만으로 기분 좋은 설렘을 느낄 수 있었다. 지금 당장 내 것으로 만들 수 없는 것이라도, 누군가 진정으로 삶에서 소중한 가치를 실현하는 모습을 바라보는 것만으로도, 내 가슴은 두근거릴 수 있었다. 이것은 새로운 종류의 설렘이었다. 설렘은 반드시 '나의 것', '첫 마음', '가슴 뛰는 특별한 경험'을 가져야만 느낄 수 있는 감정이 아니었다. 인생의 소중한 가치를 실현하는 타인을 바라볼 때, 내가 오래전에 잃어버린 줄로만 알았던 꿈을 실현하는 사람을 봤을 때, 내 심장은 두근거린다.

　매너리즘에 빠지지 않기 위해 시도할 수 있는 또 하나의 길은 일단 '나의 길'에서 잠시 눈을 돌려 '타인의 길'의 아름다움을 느껴보는 것이다. 최근에 인디언 추장 '시팅 불Sitting Bull'의 유일한 초상화를 그린 여성 화가 캐럴라인 웰던의 일대기를 그린 영화 「우먼 워크스 어헤드Woman Walks Ahead」를 보면서도 그런 두근거림을 느꼈다. 아무도 가지 않은 길을 홀로 떠난 사람의 이야기들, 그것이야말로 우리 심장의 가장 열정적인 언어, '두근두근'이라는 의태어를 매 순간 다시 되살아나게 하는 마법의 주문 같은 것이었다. 마음이 늙지 않는 비결은 더 오래, 더 자주 설렘을 느낄 기회를 만들어주는 것이다. '나만의 경험', '나만의 이익'을 쌓아 올리는 데 골몰하기보다는 '나와 다른 타인의 삶'에 대한 마음의 안테나를 활짝 열어둠으로써 점점 둔감해지는 우리의 감각을 예민하게 벼리는 것. 그것은 지나치게 비대해진 '에고'의 부담을 덜어주는 것이기도 하며, 타인의 시선에 길들기보다는 '내 눈으로 바라보는 세상'의 싱그러움을 회복하는 마음 챙김 방법이기도 하다.

월간 정여울 시리즈의 마지막을 장식할 화가로 에곤 실레를 선택했다. 그의 그림을 볼 때마다 나는 마치 처음 붓을 들어 캔버스에 한 획을 긋는 듯한 싱그러운 설렘을 느낀다. 새하얀 캔버스 위에 처음으로 한 획을 긋는 그 순간에도, 그는 두려움이 없었을 것 같다. 그는 매 순간 과감하고 도발적인 붓 터치로 화면 위를 춤추듯 현란하게 질주하면서도, 그의 그림에는 언제나 말할 수 없이 순수한 여백 같은 것이 남아 있다. 마치 일부러 조금 덜 그린 듯한 수줍은 미완성의 뉘앙스가 에곤 실레의 그림들 속에서 자주 엿보인다. 지금 이 그림을 어쩔 수 없이 마치지만 언젠가 마지막 한 획을 더 그을 수도 있는 신비로운 여지를 남겨두는 듯한, 아스라한 여운. 나의 월간 정여울, 아니 우리들의 월간 정여울 시리즈도 그랬으면 좋겠다. 지금은 불가피하게 이별하지만, 언젠가 또 다른 모습으로 더 아름답고 더 눈부시게 비상할 수 있기를 꿈꾼다.

월간 정여울을 만드는 동안 수많은 독자들의 응원과 다정한 손 편지를 받았다. 내 소중한 독자들의 편지에 일일이 답장할 수 없었던 그동안의 바쁜 일정을 원망하지만, 매달 월간 정여울을 마감하느라 쪽잠까지 줄여야 했던 나의 정신없음을 우리 독자들이 너그러이 이해해주시리라 제멋대로 믿어본다. 이 자리를 빌려 월간 정여울의 독자들께 아주 특별한 감사 인사를 드리고 싶다. 월간 정여울을 방금 펼친 당신에게는 아주 특별한 권리가 있다고. 이 책을 읽고 이 문장을 읽는 사람들만이 참여할 수 있는 보이지 않는 희망의 네트워크가 있다고. 월간 정여울의 책장을 어루만지며 자기 마음의 안부를 묻는 당신이야말로 지상에 하나뿐인 공동체, 책을 읽고 행복을 찾는 사람들의 공동체에 참여하는 아주 소중한 멤버라고. 그러니 여러분은 얼마든지 자부심을 가져도 좋다고. 책을 쓰고 만들며 읽어나가는 사람들의 공동체는 좀처럼 일상의 어지러운 자극에 일희일비하지 않을 특권이 있으며, 책을 읽는 것만으로 우울한 기분을 단번에 날려버릴 수 있는 감수성의 전매특허를 지닌 셈이다. 그러니 오늘도 세상의 폭풍우에 힘차게 맞서 무사히 책장을 넘기고 있는 당신이 있기에, 우리는 계속 포기하지 않고 당당하고 힘차게 책을 만들 수 있다. 나는 여전히 믿는다. 책을 읽는 사람만이 느낄 수 있는 아주 특별하고 아름답고 향기로운 세계가 있음을.

2018년 한 해 동안
월간 정여울을 함께 만든 모든 사람들,
홍보람, 선완규, 안혜련, 홍지연, 이승원을 대표하여
정여울 쓰다

고마워요
다시
사랑할
기회를
줘서

　요즘 나는 '사랑을 넘어선 사랑'의 가능성을 생각하고 있
다. 커플 간의 사랑을 뛰어넘는 사랑, 한 사람을 향한 로맨틱
한 감정이 아니라 존재 자체에 대한 좀 더 보편적인 사랑에
대한 갈구가 커져간다. 내 가슴을 뛰게 하는 사람을 사랑하
고 신경 쓰고 잘해주는 것은 매우 자연스럽다. 하지만 때로
는 존재의 한계를 뛰어넘는 사랑, 인간이라는 존재 자체, 살
아 있는 생물 자체, 나와 다른 모든 것들에 대한 사랑, 인생
과 세계 자체를 향한 더 크고 깊은 사랑이 필요한 것이 아닐
까. 사랑을 넘어선 사랑에는 어떤 집착도 없다. 다만 한 존재
의 다른 존재를 향한 무한한 이해와 존중만으로 충분한, 그
런 맑고 투명한 사랑이다.

　내 책을 내주신 한 출판사 사장님은 아들 둘이 모두 장성

해 집을 떠난 뒤, 이제 18개월 된 어린 강아지 몰티즈 '보리'를 키우기 시작하며 예전에는 결코 보여준 적이 없던 '아빠 미소'를 만면에 가득 머금고 계신다. 보리를 입양한 뒤부터 아이들이 모두 떠나간 쓸쓸한 집안이 더 이상 외롭지 않아졌다고 한다. 세상에서 가장 행복한 존재가 바로 자기라는 듯이 보리가 미친 듯이 꼬리를 흔들며 자신에게 안길 때, 그때 비로소 '자신이 아이들에게 주지 못한 사랑'이 무엇인지 깨달았다고. "아이들한테 전화해서 미안하다고 했어. 그동안 엄마 아빠가 싸우는 모습 너무 많이 보여줘서. 지금 내가 강아지 보리에게 하는 것처럼, 이렇게 조건 없는 사랑을 주었어야 하는데. 아이들에게도 나 자신에게도 너무 많은 것을 바라며 살았던 것이 후회되더라고. 보리처럼 그렇게 아무 꾸밈없이 조건 없이 사랑했어야 하는데." 그 이야기를 듣는 순간 눈물이 핑 돌았다. 사랑을 뛰어넘는 사랑이란 그런 거구나. 가족이기에, 인간이기에 사랑하는 것이 아니라, 너무도 사랑스러운 존재가 내게 와주었다는 것만으로도 내 삶은 물론 지나간 모든 시간의 과오마저도 끌어안게 되는, 더 큰 사랑이 바로 그것이었다.

최근에 나는 생애 최초로 '작업실 집들이'를 했다. 작업실이 크지 않기에 지인들을 한꺼번에 모두 초대하진 못하고 소중한 사람들을 따로따로 삼삼오오 초대했다. 원고를 집중적으로 쓰기 위해 마련한 작업실이지만, 요즘 점점 이 작업실은 '내가 사랑하는 사람들을 초대하기 위한 무료 게스트 하우스'로 변해가고 있다. 내 작업실의 매력 포인트는 방보다 오히려 더 큰 테라스다. 테라스에서 나무 테이블을 펴고 밤하늘의 별을 바라보며 시원한 맥주를 마시기도 하고, 무중력 의자를 펴놓고 하염없이 푸른 하늘을 바라보며 나는 처음으로 '공간이 주는 아늑함'에 깊은 감사의 마음을 느꼈다. 내 책을 만들어준 편집자는 "여기 오니까 여행 온 기분이다. 집에 가기 싫다"며 아예 내 작업실에서 1박 2일 동안 머물다 갔다. 그녀는 밤새 눈물을 쏟으며 자신의 아픈 상처 이야기를 털어놓은 뒤 지쳐 쓰러져 소파에서 잠이 들었다. 나는 그녀의 어깨를 토닥이며 말해주었다. "너는 강인한 전사야. 절대 물러서지 마. 너는 네가 꿈꾸는 삶을 지킬 권리가 있어. 아무도 널 함부로 상처 줄 수 없어." 나는 그녀가 잠들고 나서야 깨달았다. 그 말이 나 자신을 향한 위로이기도 함을, 그리고 지금 힘들어하고 있는 모든 사람들에게 들려주고 싶은 위로의 말임을. 나는 잠든 그녀에게 담요도 덮어주고, 그녀의 귀엽게 코 고는 소리를 배경음악 삼아 원고를 쓰며, 마음 깊은 곳에서 내 안의 푸근한 모성이 태어나고 있음을 느꼈다. 그동안 마치 스파르타 전사처럼 오직 '목표'를 향해 달려가는 데 급급했던 내 삶을 이 작은 공간에서 비로소 쉬게 해주는 것 같다.

내 남은 삶의 목표는 내가 세상으로부터 받은 이 크나큰 사랑보다 조금이라도 더 큰 사랑을 타인에게 남겨준 채 떠나는 것이다. 하지만 그 원대한 꿈은 시작부터 즐겁게 삐걱거리고 있다. 항상 내가 줄 수 있는 사랑보다 더 큰 사랑을 타인에게 이미 받고 있으니. 내 작업실 집들이에서 10년 만에 만난 한 선배는 "넌 이렇게 많은 일을 하면서 글은 도대체 언제 쓰느냐"고 걱정을 해주셨다. 그러고 나선 정말 뜬금없이 환한 미소로 나를 한참 동안 바라보셨다. 그 햇살 같은 미소가 바로 '삶에 대한 사랑, 존재에 대한 사랑'임을 나는 단번에 이해했다. 너무 오랫동안 그리운 사람들도 만나지 못하고 마치 스스로를 감옥에 가둔 듯 잔뜩 웅크린 채 살아왔던 나의 그늘진 외로움을, 선배는 그 따스한 미소로 한꺼번에 치유해주었다. 나는 그 미소가 또 오랫동안 내 영혼의 오아시스가 되어줄 것임을 즐겁게 예감했다. 오늘도 참 힘든 하루를 보냈을 당신에게, 그 미소의 따스한 온기를 이 글을

통해 선물해드리고 싶다. 한 사람에 대한 배타적 사랑, 내 가
족, 내 조직, 내 나라를 향한 폐쇄적 사랑을 넘어, 인간을 향
한, 존재를 향한, 세상 전체를 향한 더 깊고 커다란 사랑이
내 안에서 무르익어가기를. 365일 중의 하루만이라도 '무조
건 감사하는 날'로 기념하고 싶어졌다. 우리가 살아 있음에,
아직 서로를 사랑할 수 있음에, 이 험난한 세상 속에서도 아
직 사랑하는 법을 잊지 않고 있음에 감사하는, 그런 눈부신
기념일이 바로 오늘이기를.

만나지
않아도
가르침을
주는
스승

이 세상에는 굳이 만나지 않아도 저절로 가르침을 주는 스승이 있다. 그가 살아가는 모습 자체가 영혼의 나침반이 되어주는 사람들이 있기에. 나에게는 그런 두 명의 스승이 있다. 학연과 지연이 아닌 오직 내 마음의 화살표가 가리키는 바로 그 자리에 든든한 거목처럼 서 계시는 분들이다. 첫 번째 스승은 문학 평론가 황광수 선생님이다. 우리 사이에는 무려 30여 년의 나이 차이가 있지만, 나는 한 번도 그런 세대 차이를 느껴본 적이 없다. 나는 선생님께 어처구니없는 농담도 스스럼없이 던지고, 가족에게도 말 못 한 비밀스러운 아픔을 이야기한 적도 있다. 선생님 앞에서는 여자와 남자의 차이, 한국전쟁을 겪은 사람과 겪지 않은 사람의 차이마저 사라져버린다. 선생님과 나는 얼마 전부터 '향연饗宴, symposium'이라는 테마로 세미나를 하고 있는데, 이건 '둘이

서도 향연이 가능하다, 공부에 대한 뜨거운 열정만 있다면!'
이라는 나의 뻔뻔한 자신감에서 기획된 작은 세미나다. 우
리 두 사람은 몇 년이 걸리더라도 이 '두 사람의 향연'을 마
칠 마음의 준비가 되어 있다. 플라톤의 『향연』으로부터 시
작하여 헤르만 헤세의 『데미안』에 이르기까지, 우리는 고전
의 숲을 오래오래 함께 걸어볼 작정이었다. 소크라테스와
그의 제자들처럼 성대한 연회를 베풀 수는 없지만, 둘이서
커피와 함께 달콤한 마카롱을 곁들여 먹으며 '이런 게 바로
지금 이 순간 우리가 실천할 수 있는 향연의 아름다움이구
나'라고 감탄하곤 한다.

　그런데 얼마 전 선생님께서 큰 수술을 받으셔서 몇 달간
세미나가 중단되었다. 나는 말할 수 없는 상실감을 느꼈지
만 그 아픔을 누구에게도 말하지 못했다. 내가 너무 슬퍼하
고 걱정하면 선생님께서 더 아파하실 것을 알기 때문이다.
선생님께서 그 고된 수술을 마치시고 나에게 전화를 하셨
다. 너무 고통스러운 순간에는 우리들의 '향연'을 생각하셨
다고. 살아남아서 여울이와 꼭 마쳐야 할 일이 있으니까, 힘
을 내셨다고. 나는 수화기 너머로 내 흐느낌 소리가 넘어가
지 않도록 신경 썼지만, 선생님은 아셨을 것 같다. 나에게

이 '둘만의 향연'이 얼마나 소중한 의미를 지녔는지. 나는 이
제 안다. 내가 선생님을 만나지 못할 때도 늘 선생님의 말과
글이 내 곁의 보이지 않는 수호천사처럼 나를 지켜준다는
것을.

　내 두 번째 스승은 얼마 전에 작고하신 문학 평론가 김윤
식 선생님이다. 선생님은 나를 기억하지 못하실 것이다. 세
상은 문학 평론가를 '인기 있는 직업'으로 생각하지 않지만,
나에게 여전히 세상에서 가장 멋진 직업은 문학 평론가라는
믿음을 처음으로 심어주신 분이 바로 김윤식 선생님이시다.
선생님은 아플 때나 괴로울 때나 늘 '최고의 이론으로 최신
의 문학 작품을 분석한다'는 스스로 정한 생의 원칙을 벗어
나지 않으셨다. 선생님으로부터 배웠다. 공부는 남에게 과
시하기 위한 업적이 아니며 생을 걸고 모든 것을 바쳐도 될
까 말까 하는 무섭도록 정직한 과업임을. 선생님께서 돌아
가셨을 때 내가 미국에 있었기 때문에 조문을 할 수 없었지
만, 마지막 길을 배웅하지 못한 대신 나는 선생님의 그 모든
수업들과 거의 외우다시피 했던 선생님의 책들을 맹렬히 회
상했다. 다른 제자들처럼 스스럼없이 다가가지 못한 나의
소심함조차 선생님은 이해해주실 거라 믿으며. 배움이란 스

승과의 친밀도로 결정되는 것이 아니라 그의 가르침을 얼마나 삶 속에서 실천하는가로 판가름 나는 것이니까.

두 분의 삶의 빛깔은 너무도 다르지만 나는 생의 어둠 속에서 막다른 골목에 다다랐을 때 이분들의 삶과 글과 눈빛을 생각한다. 내 사회적 필요가 아니라 내 영혼의 목마름이 불러낸 마음의 스승들이 뿜어내는 형형한 눈빛을 생각하며, 오늘도 책을 펴고, 아름다운 글에 밑줄을 긋고, 그 행간의 여백에 나의 감동과 배움의 흔적을 또박또박 쓰고 또 쓴다.

슬픔은
결코
무력하지
않다

슬픔은 도망치고 싶은 감정이다. "슬픔만으론 아무것도 할 수 없다"고들 한다. 하지만 슬픔 속에 그저 머물고 싶을 때도 있다. 슬픔만의 매력은 행복이나 만족 따위가 범접할 수 없는, 치명적인 극단성에 있다. 슬픔의 심연으로 내려갈수록 슬픔에는 '끝'이 없음을 느낀다. 사랑하는 이를 영원히 잃었을 때, 다시는 만날 수 없다는 공포에 사로잡힐 때, 꿈을 향한 길목이 완전히 가로막혔을 때. 삶의 결정적인 문턱에서 우리는 가눌 수 없는 슬픔을 느낀다. 그 슬픔의 힘으로 '나를 나답게 만드는 보이지 않는 운명의 힘'을 느끼고, '그래도 삶은 계속된다'는 아프지만 숭고한 진실을 받아들인다.

내게 슬픔이 지닌 아름다움을 가르쳐준 책은 바로 조지프 캠벨의 에세이집 『신화와 인생』이었다. 이 책을 통해 나는 삶 자체가 품은 본질적 슬픔을 받아들였다. 슬픔은 결코 무력하지 않다. 슬픔은 지나간 시간을 겸허히 돌아보게 만든다. 앞으로 위로 더 나은 곳으로만 향하던 발걸음을 문득 반성하게 만드는 것이야말로 슬픔이 가진 성찰의 힘이다. 『신화와 인생』은 시계로 체크하는 '현실의 시간'뿐 아니라 현대인이 미처 돌보지 않는 '신화적 시간'이 존재함을 일깨운다. 가늠 수 없는 슬픔은 바로 '현실의 시간'과 '신화적 시간'을 이어주는 징검다리다. 한때 모든 것을 포기하고 싶었을 때, 캠벨은 내게 다가와 어깨를 두드리며 속삭였다. 엉망진창인 네 삶이 차라리 정상이라고. 삶이란 타자의 시체를 먹어야만 살아지는 무서운 신비임을, 가슴 깊이 받아들이라고.

내 마음속에선 두 개의 거대한 톱니바퀴가 서로 맞물려 돌아간다. 하나는 시대의 흐름을 눈치 볼 수밖에 없는 '시대정신'의 톱니바퀴. 하나는 끊임없이 아득한 과거를 향해 도망치고 싶은 '시대착오'의 톱니바퀴. 두 개의 톱니바퀴는 때로는 서로를 공격하고 때로는 서로를 격려하며 마음의 시계를 쉴 새 없이 가동한다. 사실 내겐 시대착오의 톱니바퀴가 훨씬 유혹적이다. 보는 사람만 없다면 마음껏 시대착오적이고 싶었다. 한없이 옛이야기에 빠져들고, 유행 같은 건 거들

떠도 안 보고, 케케묵은 옛것들 속에서 안분지족하고 싶었
다. 너무 바삐 돌아가는 현재의 시간에 지쳐 있었기에. 시대
착오의 톱니바퀴는 신화적 시간을 향한 끝없는 노스탤지어
를 자극한다. 그것은 우리들의 잃어버린 시간을 향한 버릴
수 없는 그리움이다. 하지만 시대정신의 톱니바퀴는 내게
'좀 더 어른이 되라'고 충고한다. 과거에 탐닉하여 현재 따위
는 돌아보지 않고 싶을지라도, 지금 여기의 사람들이 보고
느끼고 사랑하는 것들에 눈감아선 안 된다고.

　　나는 신화의 시간과 현실의 시간 사이의 건널 수 없는 간
극을 뛰어넘고 싶다. 신화는 남을 향한 질문, 세상을 향한 질
문을 잠시 내려놓게 하고, 나 자신의 가장 깊숙한 곳에 웅크
리고 잠자는 현자를 불러 깨워 대화하게 만든다. 나는 저 머
나먼 신화가 이토록 뜨거운 인생을 향해 건네는 속삭임에
귀 기울인다. 현실의 삶이 아무리 팍팍해도, 우리 모두의 마
음속에는 눈부신 신화의 시간이 살아 숨 쉬고 있다. 신화를
통해 나는 배운다. 삶의 외적인 조건에 핑계 대지 않는 씩씩
함을. 운명의 부름에 무조건 '예스'라고 대답하며 오늘도 담
대하게 나아가는 용기를. 세상 모두가 가로막아도 반드시
나 홀로 짊어져야만 할, 내 '운명의 부름'이 있음을.

음악이라는
또 하나의
언어가
지닌
아름다움

    브라이언 싱어의 영화 「보헤미안 랩소디」를 보며 음악이
라는 또 하나의 언어가 지닌 아름다움을 새삼 깨닫는다. 잔
지바르(현재 탄자니아)라는 변방의 나라에서 태어나 공항 수하
물 노동자로 일하던 프레디 머큐리가 천신만고의 여정 끝에
세계적인 뮤지션으로 성장하기까지의 인생 이야기도 아름
다웠지만, 나는 커다란 극장에서 아주 어린 시절부터 사랑
했던 퀸의 음악을 마음껏 커다란 볼륨으로 들을 수 있다는
사실 자체가 미치도록 좋았다. 퀸의 음악은 너무도 아름다
워서 아무런 부연 설명이나 해석이 필요 없는 것처럼 느껴
졌다. 오히려 그의 성적 정체성 갈등과 에이즈로 인한 고통
을 과도하게 강조하는 감독의 시선이 조금은 불편하게 느껴
졌다. 퀸의 음악에는 그의 인생 자체가 완벽하게 녹아 들어
가 있기에 그가 살아 있는 동안 수없이 고통받았다는 사실

의 강조는 그가 음악으로 이미 이루어낸 위대한 승리를 조금은 퇴색시키는 것 같았다. 하지만 그래도 좋았다. 이 영화가 아니었다면 「보헤미안 랩소디」라는 곡을 마치 최신 히트곡처럼 흥얼거리는 10대, 20대들의 모습을 볼 수 없었을 것이고, 퀸의 음악이 수십 년 전의 그 감동을 뛰어넘어 더욱 영롱한 울림으로 되살아나는 이 기분 좋은 '퀸 신드롬'을 다시 볼 수 없었을 테니까.

　퀸의 음악을 들으면 가사와 음악이 조화롭게 어우러지는 것이 얼마나 커다란 감동을 주는지 알 수 있다. 가사 자체가 시처럼 소설처럼 희곡처럼 느껴지는 음악 「보헤미안 랩소디」는 난해하고 복잡하기로 유명한 곡이지만, 탄생부터 죽음에 이르기까지 그 어느 하나 '평범한 구석'이 없었던 파란만장한 프레디의 삶에 비추어보면 이 곡은 그 자체로 경이롭고 아름답다. 「보헤미안 랩소디」는 '논리적 이해'를 뛰어넘어 '마음의 눈으로 비춰볼 때 비로소 보이고 들리고 느낄 수 있는 것들'을 생각하게 만드는 극적 하모니를 자아낸다. 걸핏하면 '파키스탄 사람'이라 놀림받고, 돌출된 치아와 입술 때문에 콤플렉스를 느끼기도 했으며, 불확실한 성적 정체성 때문에 홀로 괴로워했을 그의 외로움과 불안, 소

외감. 이 모든 것을 끝내 이겨낸 프레디 머큐리의 위대한 승
리가 「보헤미안 랩소디」에 녹아 들어가 있다. "그러나 나
는 가여운 소년일 뿐이고 아무도 날 사랑하지 않지. 그는 가
난한 가정에서 태어난 불쌍한 소년일 뿐이겠지. 그의 삶을
이 괴물로부터 구해주기를But I'm just a poor boy and nobody loves
me. He's just a poor boy from a poor family. Spare him his life from this
monstrosity." 이토록 슬프고 서러운 느낌을 자아내는 가사가
오히려 힘차고 긴장감 넘치는 선율과 어우러짐으로써, 우리
는 프레디가 그 비극적 현실에 결코 굴복하지 않았음을 온
몸으로 느낄 수 있는 것이 아닐까.

　서정적인 멜로디와 아름다운 가사로 들을 때마다 감동을
안겨주는 「러브 오브 마이 라이프Love of My Life」 또한 공연
실황과 함께 더욱 깊은 울림으로 다가왔다. 퀸은 관객을 공
연 속으로 이끌어 관객 또한 공연의 주체로 참여할 수 있는
자연스러운 공간을 만들 줄 알았다. 「위 윌 록 유We Will Rock
You」의 장엄한 발 구름 소리는 수만 명의 관객을 거대한 타
악기의 오케스트라로 만들었고, 이 곡은 월드컵을 비롯한
수많은 경기 속에서 응원가로 불릴 만큼 폭발적 인기를 얻
었다. 「러브 오브 마이 라이프」를 부를 때 관객이 너무 많아

가사가 제대로 전달될까 걱정했던 프레디에게 관객들은 마치 '걱정 말라'고 위로하듯 모두가 함께 '떼창'으로 이 노래를 들려주었다. 관객이 노래를 들려주고 가수가 노래를 듣는 이 아름다운 역설은 오래도록 가슴에 남아, 이 곡을 들을 때마다 거대한 사랑의 파도가 가슴속으로 밀려드는 듯한 눈부신 환상을 선물해주었다.

나는 퀸의 노래를 테이프가 늘어지도록 들으며 학창 시절의 외로움을 견뎌냈는데, 영화 속에서 퀸이 자신들의 음악을 이렇게 정의 내릴 때 내가 퀸을 좋아할 수밖에 없었던 이유를 뒤늦게 깨달았다. "우리는 부적응자들을 위해 노래하는 부적응자들"이라고. 그들은 소외받는 사람들, 외로운 사람들, 버림받은 사람들을 위해 노래했고, 마침내 우리 모두가 챔피언이 되는 위대한 음악의 승리를 이끌어낸 것이다. 퀸의 노래를 오늘 우리가 함께 부를 수 있다는 것은 음악이라는 또 하나의 언어가 지닌 최고의 눈부신 축복이다.

후회 없는
삶,
끝까지
희망을
놓지 않는
죽음

후회 없는 삶이란 어떤 것일까. '늘 최선을 다해야 한다'는 생각을 하면서도 저녁이면, 가을이면, 연말이면 '그때 그런 말은 하지 말았어야 하는데', '그 일은 차라리 맡지 말걸'이라는 후회를 달고 사는 나는, 사실 '후회 없는 삶'이라는 것이 내게는 불가능할 것임을 안다. 하지만 아주 가끔 '이 작가는 정말 후회 없는 삶을 살았구나, 적어도 후회 때문에 삶을 저당 잡히지 않았구나' 하는 부러움에 사로잡힐 때가 있다. 헨리 데이비드 소로의 『월든』을 읽을 때, 수전 손택의 『타인의 고통』을 읽을 때, 루쉰의 여러 산문집을 읽을 때, 나는 '이 작가들은 후회 없는 삶을 위해 자신의 모든 것을 던졌구나' 하는 감동에 휩싸인다. 최근에는 김진영의 『아침의 피아노』를 읽으며 그런 생각에 잠겼다. 나는 이 책을 읽으며 생각했다. 마지막 순간까지 병마와 싸우며 고통 속에 사라질지라도 후회 없는 삶이란 바로 이런 것이로구나.

　아침의 피아노. 베란다에서 먼 곳을 바라보며 피아노 소리를 듣는다. 나는 이제 무엇으로 피아노에 응답할 수 있을까. 이 질문은 틀렸다. 피아노는 사랑이다. 피아노에게 응답해야 하는 것, 그것도 사랑뿐이다.

　— 김진영, 『아침의 피아노』, 한겨레출판, 2018, 11쪽.

　이 책은 이토록 아름다운 '피아노에 대한 사랑'으로 시작된다. 피아노는 사랑이며, 피아노에 응답해야 하는 것도 사랑이며, 피아노의 영롱한 울림 속에서 나를 발견하는 것도 사랑일 것이다. 이 책은 철학자 김진영이 암 선고를 받고 1년 후 세상을 떠나기 3일 전까지 쓴 일기를 모은 것이기도 하지만, 단순한 일기가 아닌 사랑에 대한 철학서이며 삶에 대한 지극한 사랑을 담은 에세이이기도 하다. 2017년 7월부터 2018년 8월까지 철학자 김진영이 고통 속에서도 힘겹게 써낸 일기 234편에는 그가 자신에게 허락된 얼마 남지 않은

하루하루를 소중히 가꾸는 아름다운 흔적들이 오롯이 아로
새겨져 있다. 그는 남겨진 시간이 많지 않다는 압박 속에서
도 이렇게 해맑은 여유를 보여준다. "마음이 무겁고 흔들릴
시간이 없다. 남겨진 사랑들이 너무 많이 쌓여 있다. 그걸 다
쓰기에도 시간이 부족하다." 마음이 무겁고 흔들릴 시간이
없다는 것, 남겨진 시간을 오직 '사랑'을 위해 쓰자는 굳건한
결심. 그것이 이 아름다운 책을 관통하는 철학의 주제이자
사랑의 열정이다.

　그는 암 선고를 받고도 차분히 책을 읽고 공부를 하며 글
을 쓴다. "내가 존경했던 이들의 생몰 기록을 들추어 본다.
그들이 거의 모두 지금 나만큼 살고 생을 마감했다는 사실
을 발견한다. 내 생각이 맞았다. 나는 살 만큼 생을 누린 것
이다." 우리는 사랑하는 사람들의 죽음 앞에서 "그래도 요
새 평균수명이 얼만데, 앞으로 20년은 더 사셨어야 하는데"
라고 덕담을 하곤 하지만, 사실은 '나는 삶을 누릴 만큼 누렸
다'는 이 깨달음이야말로 우리에게 결핍된 '생에 대한 욕심
없는 사랑'이 아닐까. 무조건 오래 살아야 한다는 강박은 생
에 대한 사랑이기보다는 집착이나 욕심에 가까울 것이다.
남은 시간을 어떻게 '생에 대한 사랑의 순간들'로 그득히 채

울 수 있는가가 우리 삶의 진정한 미션인 것이다.

철없이
만개할 권리

　　　　　　　그의 눈길에는 '아직 죽음을 선고
받지 않은 사람들'이 마치 영원히 살 것처럼 죽음 따위는 생
각하지 않는 모습이 이렇게 비춰진다. "TV를 본다. 모두들
모든 것들이 영원히 살 것처럼 살아간다." 그렇구나. 어쩌면
우리는 언제든 죽을 수 있다는 사실을 잊고 살기에 이토록
많은 것을 꿈꾸고, 그렇게 많은 것을 욕심내고, 감당도 못 할
많은 일을 떠맡으며 '지금 내 인생에 한 번뿐인 이 하루'의
소중함을 잊고 살았던 것이 아닐까. 그는 자신 또한 무언가
를 자꾸 잊어버린다고 고백하여 독자의 심금을 울린다. "살
아 있는 동안은 삶이다. 내게는 이 삶에 성실할 책무가 있다.
그걸 자주 잊는다." 그는 아무리 아프고 힘들어도 반드시 지
켜내야 할 자신의 몫, 즉 '이 삶에 성실할 책무'를 잊지 않기
위해 매일매일 분투했던 것이다.

생의 마지막을 앞둔 하루하루, 어떤 날은 힘들고 무기력
하다가도 어떤 날은 다시 일어서야 한다는 찬란한 의지로
번뜩이는 문장들이 일기 곳곳에 숨어 있다. "어떻게 모든 것
들을 지킬 수 있을까. 나를 지킬 수 있을까"라는 두려움을
숨김없이 드러내기도 하고, "면역력은 정신력이다. 최고의
정신력은 사랑이다"라는 문장으로 독자의 가슴을 따스하
게 어루만지기도 한다. 그는 남아 있는 하루하루가 삶의 눈
부신 소중함을 느낄 수 있는 마지막 기회임을 잊지 않았다.
"꽃들이 시들 때를 근심한다면 이토록 철없이 만개할 수 있
을까." '철없이 만개하는 것'이야말로 모든 살아 있는 것들의
떳떳한 아름다움이 아닐까 싶다. 꽃이 시들 때를 근심하지
않고 철없이 만개하듯이 우리도 살아 있는 내내 조금 더 철
없이, 조금 더 '시들 때를 근심하지 않고', 오늘 이 순간을 더
없이 아름답게 가꾸고 사랑해야 하지 않을까. 그는 아픔 속
에서도 생이 지닌 눈부신 약동의 에너지를 보았다. "생 안에
는 자기를 초과하는 힘이 있다." 나는 이 문장을 여러 번 반
복해서 읽으며 '내 안에서 나를 초과하는 생의 힘'이 무엇인
지 곰곰 생각해보았다.

　그는 생전에 "어려운 사상가와 철학을 알기 위해 배우는

교양을 위한 공부가 아닌, 자신 안에서 나오는 사유를 위한 공부를 귀히 여기라"라고 조언했다. 그 누구도 아닌 자기 안에서 들려오는 생의 목소리를 듣는 것, 그것이 글쓰기의 진정한 동력일 것이다. 그는 『잃어버린 시간을 찾아서』라는 걸작으로 여전히 빛나는 프루스트의 말년을 이렇게 묘사한다. "그가 침대 방에서 살아간 말년의 삶은 고적하고 조용한 삶이 아니었다. 그건 그 어느 때보다 바쁜 삶이었다. 침대 방에서 프루스트는 편안하게 누워 있지 않았다. 그는 매초가 아까워서 사방으로 뛰어다녔을 것이다. (…) 독자는 알 수 있다. 왜냐하면 그의 마지막 책은 100미터 달리기경주를 하는 육상 선수의 필치와 문장으로 가득하기 때문이다." 바로 철학자 김진영의 마지막 순간들도 이렇지 않았을까. 100미터 달리기를 전력 질주하는 듯한 열정을 한없이 차분한 문장에 담아낸 듯한 놀라운 내공을 나는 이 책을 통해 발견할 수 있었다. "천상병은 노래한다, 세상은 아름답다고, 인생은 깊다고, 살아서 좋은 일도 있었고 나쁜 일도 있었다고, 그러니 바람아 씽씽 불라고……" 이런 문장을 읽을 때는 철학자의 삶에 대한 안타까운 사랑, 죽어서도 삶을 그리워할 것 같은 아련한 마음이 느껴져 눈시울이 뜨거워진다. 아침 산책길에 발견한 풀을 보면서 "한 철을 살면서도 풀들은 이토록 성실

하고 완벽하게 삶을 산다"고 놀라워하는 철학자. 비 내리는
풍경을 보며 이런 문장을 떠올리는 철학자. "비 오는 날 세상
은 깊은 사색에 젖는다. 그럴 때 나는 세상이 사랑을 기다리
는 마음으로 가득하다는 걸 안다. 그리고 내가 얼마나 세상
을 사랑하는지도 안다." '자유란 무엇인가'라는 오랜 철학사
의 질문에 이렇게 대답하는 철학자. "자유란 무엇인가. 그건
몸과 함께 조용히 머무는 행복이다." 우리는 이런 철학자를
필요로 한 것이 아닐까. 지나치게 어려운 말로 철학적 개념
을 설명하는 것이 아니라, 그저 우리가 매일 쓰는 일상의 용
어만으로도 이토록 아름다운 문장을 한 올 한 올 짜내어 삶
이란 더하고 뺄 것도 없이 본래 눈부시게 아름다운 것임을
가만히 펼쳐 보이는 철학자. 그런 철학자가 우리 곁에 있었
음을 더욱 감사하게 되는 오늘이다.

오늘도 사랑한다,
내 불완전한 삶을

　　　　　　　　　　"모든 것이 꿈같다. 그런데 현실이
다. 현실이란 깨지 않는 꿈인 걸까. 그 사이에 지금 나는 있

다.” 이 문장을 읽고 있으면 우리 삶이 이런 것이 아닐까 싶다. 현실이 너무 무섭고 힘들고 어렵게만 느껴질 때, 현실이 오히려 꿈이고 꿈이 현실이었으면 좋겠다는 생각이 든다. 그러나 현실을 인정하는 순간, 우리는 불완전하고 부족함투성이며 고통으로 얼룩진 삶 자체도 ‘내가 사랑해야 할 내 삶’임을 헤아리게 된다. 그는 마침내 자신이 받아들여야 할 삶이 어떤 것인지를 온몸으로 감지하고 버텨내기 시작한다. “때와 시간은 네가 알 바 아니다. 무엇이 기다리는지, 무엇이 다가오는지 아무도 모른다. 모든 것은 열려 있다. 그 열림 앞에서 네가 할 일은 단 하나, 사랑하는 일이다.” 아프고 힘들기에 삶에 대한 사랑을 포기하는 것이 아니라 오히려 더 열렬히 삶을 사랑하고 보듬고 받아들이는 길을 택한다. “내가 사랑했던 것들. 그 모든 것들을 나는 여전히 사랑하고 있다. 이전보다 더 많이 더 많이…… 이것만이 사실이다.”

“슬퍼할 필요도 이유도 없다. 슬픔은 이럴 때 쓰는 것이 아니다.” 이 문장을 읽으며 가슴을 쓸어내렸다. ‘당신은 암에 걸렸습니다’라는 선고를 받고도 이토록 초연함을 지켜내는 철학자의 마음을 헤아려보았다. 그는 슬픔보다 더 소중한 것, 슬픔보다 더 강인한 것을 생각했던 것이 아닐까. 그가 소

중하게 여겼던 가치는 바로 이런 것이었다. "내가 끝까지 살
아남아야 하는 이유는 그것만이 내가 끝까지 사랑했음에 대
한 알리바이이기 때문이다." "사랑과 아름다움에 대해서 말
하기를 멈추면 안 된다. 그것이 나의 존재에 대한 증명이다."
"나는 깊이 병들어도 사랑의 주체다. 울 것 없다. 그러면 됐
으니까." 이 문장을 읽을 때는 나도 모르게 코끝이 찡해져버
렸다. 그렇다. 누구나 살면서 가끔씩 후회를 할 수는 있지만
후회 속에 삶을 마감해서는 안 된다. 사랑할 권리, 살아낼 권
리, 삶을 끝까지 견뎌낼 권리를 버려서는 안 된다.

　내가 생의 끝까지 삶을 사랑했음을, 내 삶에서 소중한 그
모든 것을 사랑하는 일을 멈추지 않았음을 기억하는 것. 바
로 그것이야말로 슬픔보다 더 중요한 것, 울고불고 원망하
는 일보다 더 중요한 것이었다. 깊이 병들었어도 고통이 온
몸을 휘감아도 사랑을 멈출 수 없는 나를 발견하는 것. 아
무리 힘든 순간에도 바로 내가 진정한 사랑의 주체임을 잊
지 않는 것. 그것이야말로 삶을 사랑했던 한 철학자가 자신
의 삶에 바치는 최고의 헌사였던 것이다. 나는 『아침의 피아
노』를 읽으며 내가 여전히 사랑해야 할 것들, 앞으로 더 많
이 사랑해야 할 것들, 미움과 분노와 원망이 아닌 오직 사랑

의 눈과 귀로 보고 들어야 할 존재들에 대해 생각한다. 어떤 고통의 순간 앞에서도 오직 '사랑할 권리'를 잃지 않는 것, 한 사람에 대한 사랑에 그치는 것이 아니라 세상 모든 사랑받지 못하는 것들에 대한 사랑, 눈에 보이지 않거나 사람들의 주목을 받지 못해 하루하루 시들어가는 모든 존재들에 대한 사랑을 잃지 않으리라 다짐해본다. 우리의 삶은 오늘 불완전한 바로 이 상태로도 충분히 아름답다. 아직 사랑할 권리가 있으니까. 아직 사랑할 시간이 남아 있으니까. 이토록 아름다운 사랑의 문장들을 읽고 쓰다듬고 껴안을 시간이 남아 있으니까.

오래전
나를
파괴해버린
그 무엇을
찾아 떠나는
여행

　　무라카미 하루키의『색채가 없는 다자키 쓰쿠루와 그가 순례를 떠난 해』는 오래전, 나를 파괴해버린 그 무엇을 찾아 떠나는 마음의 여행을 그린다. 가장 나다운 그 무엇을 잃어버린 공간. 그곳이야말로 새로운 삶이 시작될 무한한 가능성을 품어 안은 공간이기에, 이 여행은 아프지만 누구에게나 필요한 영혼의 성장통을 동반한다. 도쿄의 철도 회사에서 근무하는 다자키 쓰쿠루는 대학교 2학년 여름방학 이후, 마치 시간이 완전히 멈춰버린 것 같은 삶을 무심히 반복한다. 삶의 의욕을 완전히 잃은 채 최소한의 의식주로 스스로를 유폐해버린 쓰쿠루. 그는 뼈아픈 트라우마를 간직하고 있다. 바로 고향 나고야에서 어린 시절 가족보다 더 친밀하게 지냈던 네 명의 친구들로부터 하루아침에 완전한 절교 선언을 들은 것이었다. 어린 시절의 친구와 이별한 것이 뭐 그리 대수냐고 할지도 모르지만, 그에게 네 명의 친구 아카, 아오, 시로, 구로가 '작고 아름다운, 완벽한 세상 그 자체'였다는 것을 알고 나면 문제는 달라진다. 그는 단지 친구들로부터 버림받은 것이 아니라 세상으로부터 추방당한 느낌에서 헤어날 수 없었던 것이다.

네 명의 친구들과 함께 나고야에서 어린 시절을 보낸 쓰쿠루는 그들과 함께 "흐트러짐 없이 조화로운 공동체"를 경험했다. 학습 능력에 문제가 있는 아이들을 위한 봉사 활동으로 시작된 이들의 공동체는 시간이 지나면서 공동체 자체를 위한 공동체로 변모해갔다. 그들은 함께하는 일을 넘어 함께하는 삶 자체를 사랑하게 된 것이다. 아카赤, 아오靑, 시로白, 구로黑. 이름 속에 색채가 들어 있는 네 명의 친구들과 달리 쓰쿠루는 자기 이름에만 색채가 없다며 자신을 이 그룹 중에서 가장 '개성 없는 아이'로 위치 짓는다. 쓰쿠루는 아름답고 매력적인 시로에게 마음이 끌리지만 '다섯 명이 함께하지 못하는 일은 어떤 것도 해서는 안 된다'는 불문율 때문에 사랑마저 포기한다. 시로를 무척이나 사랑했지만 한 여자에 대한 사랑보다 다섯 명의 친구가 함께 나누는 우정이 더 중요했던 것이다. 아카, 아오, 시로, 구로 모두가 나고

야에 남기로 했지만 혼자만 도쿄의 대학에 입학하게 된 쓰쿠루. 쓰쿠루는 대학생이 되어서도 방학 때 집으로 돌아와 친구들과 함께하는 시간을 가장 소중히 여긴다. 그런데 네 사람은 어느 순간 마치 약속이라도 한 것처럼 쓰쿠루를 철저히 따돌리기 시작한다. 그리고 마침내 연락 자체가 두절되고 만다.

그 후 하루하루 무덤 같은 생활을 지속해오던 쓰쿠루. 그로부터 16년이 지나 이제 30대 중반의 남자가 된 쓰쿠루는 매력적인 여성 사라를 만나 비로소 '다시 시작해보고 싶다'는 생각을 하게 된다. 첫사랑 시로 이후 처음으로, 한 여자를 진심으로 사랑하게 된 쓰쿠루는 사라에게 모든 것을 털어놓는다. 그에게는 치유할 수 없는 영혼의 공동空洞이 존재했던 것이다. 더 이상 상처받지 않기 위해, 세상을 향해 열린 마음의 문 자체를 닫아버린 쓰쿠루. 마치 기적처럼 찾아온 진정한 사랑 앞에서 그는 처음으로 '내가 원하는 것을 내 힘으로 공들여 얻고 싶다'는 열망을 키우게 된다. 쓰쿠루의 이야기를 들은 사라는 그에게 조언한다. 이제 16년 전의 그 상처와 용감하게 대면해보라고. 인터넷을 비롯한 각종 정보 탐색 도구를 이용해 네 명의 옛 친구들의 소식을 알려주는 사라.

그녀로부터 쓰쿠루는 충격적인 소식을 듣는다. 그의 첫사랑 시로가 누군가에게 참혹하게 살해당했다는 것이다.

　쓰쿠루는 아카와 아오, 구로를 모두 만나 자신이 왜 16년 전에 그들로부터 버려졌는지, 왜 시로가 살해당했는지를 알아보려 한다. 그 발걸음이 가볍지만은 않다. 나를 가장 나답게 만들어준 장소, 그 장소는 곧 나를 파괴한 장소였던 것이다. '돌아갈 곳이 없다'는 생각으로 하루하루 스스로를 고문해온 쓰쿠루에게 이 재회는 다시 돌이킬 수 없는 또 다른 트라우마의 기원이 될지도 모를 일이었다. 하지만 그는 사라를 위해 자신의 끔찍한 상처와 대면한다. 아무것도 부족한 것 없이 자라난 쓰쿠루에게 사라는 처음으로 '내가 힘겹게 싸워 쟁취해내야만 하는 열정의 대상'이었던 것이다. 아카와 아오를 통해 16년 전 그들이 헤어져야만 했던 이유를 들은 쓰쿠루는 망연자실한다. 부서질 듯 연약한 영혼으로 자신을 더욱 가슴 아프게 했던 첫사랑, 시로가 '쓰쿠루에게 강간을 당했다'는 루머를 퍼뜨렸다는 것이다. 그들은 시로의 어처구니없는 발언에 반신반의하면서도, 마치 세상에 종말이라도 온 듯 절규하는 시로의 태도 때문에 어쩔 수 없이 쓰쿠루를 축출했다는 것이다. 그럼 왜 시로는 살해당한 것일

까. 시로와 가장 친했던 구로는 결혼하여 핀란드에 살고 있
었다. 이 '잃어버린 자아를 찾는 여행'은 머나먼 땅 핀란드에
가야만 종지부를 찍을 수 있는 것이었다.

그는 구로가 행복하게 살고 있는 것을 확인하고, 자신은
전혀 몰랐던 시로의 비밀을 전해 듣게 된다. 쓰쿠루는 '내가
기억하는 나'와 '그들이 기억하는 나' 사이에는 엄청난 간극
이 있음을 깨닫는다. 내가 기억하는 나는 뭔가 개성이 없는,
이름처럼 뭔가 '색깔이 없는' 사람이었다. 그 무색무취의 인
간에게 유일하게 색깔을 부여해준 것이 바로 네 친구들이
었던 것이다. 하지만 그들이 기억하는 쓰쿠루는 달랐다. 단
짝이었던 시로와 구로는 두 사람 모두 쓰쿠루를 열렬히 사
랑했다. 그는 자신이 '나고야'로 상징되는 아늑하고 다정한
공동체에 완전히 편입될 수 없기에 도쿄로 떠났다고 믿었
다. 하지만 그들은 다르게 생각했다. 쓰쿠루만이 진정으로
나고야를 떠날 용기, 즉 고향을 떠나 완전히 새로운 삶을 창
조할 용기가 있는 사람이었던 것이다. 쓰쿠루의 빛깔은 다
른 친구들처럼 빨강이나 파랑으로 규정할 수 없었다. 아무
색이 없기 때문에 몰개성적인 것이 아니라 모든 색깔과 어
울릴 수 있는 무한한 잠재력을 지닌 인물이었던 것이다.

쓰쿠루는 자신이 '바꿀 수 있는 것'이 무엇인지를 깨닫는다. 의문사를 당한 시로를 되살릴 수도, 지나간 옛사랑을 되찾을 수도, 완벽하고 조화로운 옛 공동체를 되살릴 수도 없다. 하지만 '내가 넘어진 그 자리'로 돌아가, 처음부터 다시 시작할 수는 있다. 가장 원하는 것을 얻기 위해 전심전력으로 노력해본 적이 없던 그는 처음으로 온 힘을 다해 사라를 사랑하고 싶은 자신을, 누군가를 사랑하기 위해 더 강해질 필요를 느낀다. 철도 회사에 근무하는 그는 아름다운 기차역을 만들고 싶어 한다. 아니 어쩌면, '반드시 들러야 하지만 머물 수는 없는 장소'를 만들고 싶은 무의식의 열망이 그를 기차역으로 이끌었는지도 모른다. 그는 이제 '추억'이라는 이름의 마음속 기차역을 만들 수 있을 것이다. 이제 더 이상 과거의 트라우마에 휘둘리지 않을 수 있는, 감춰진 영혼의 무한한 저력을 발견했기 때문이다.

항상
배우고
또 배우는
삶의
싱그러움을
꿈꾸며

  글쓰기는 고치고 또 고칠 수 있지만, 강의는 한번 끝나면
주워 담을 수 없다. 글쓰기의 노동강도가 강의보다 훨씬 세
기는 하지만, 나는 글쓰기보다 강의에 더 큰 심적 부담을 느
낀다. 글쓰기는 여러 번 교정 기회가 있을 뿐 아니라 나 자신
과의 싸움이기에 책임 또한 오롯이 나에게 돌아온다. 하지
만 강의는 청중의 눈빛 속에, 독자의 표정 속에 오롯이 아로
새겨진다. 강의하는 나와 강의를 듣는 사람들의 오가는 눈
빛 속에서 강의는 울려 퍼지고, 그 자리에서 해석되고, 곧바
로 흡수된다. 내가 아무리 열심히 해도 듣는 사람들의 반향
이 느껴지지 않으면 말짱 도루묵이다. 듣는 이의 마음이 어
떻게 시시각각 변하는지 다 알 수 없기에 초조해지기도 한
다. 글과 달리 말은 천천히 되새김질할 시간이 없는 것이다.
글쓰기가 완성품만 보여주는 퍼포먼스라면, 강의는 작품을

만들기까지의 온갖 과정을 낱낱이 들켜버리는 행위 같다.

주로 내가 강의를 해야만 하는 요즘이지만, 사실 나는 좋은 강의를 듣고 싶을 때가 많다. 내 공부에 직접 연관되는 강의가 아니어도 좋으니, 지친 마음을 다시 예전의 설렘으로 가득 채워줄 타인의 강의를 듣고 싶어지는 것이다. 하지만 따로 시간을 내지 못해 '행복한 수강생'은 엄두도 내지 못할 무렵, 나는 뜻밖의 공간에서 심장을 고동치게 하는 멋진 강의를 들었다. 바로 영화 「디태치먼트Detachment」를 보던 도중이었다. 지역사회의 골칫거리로 전락한 고등학교에서 임시 교사를 맡게 된 주인공 헨리(에이드리언 브로디). 그는 무분별한 약물중독과 섹스와 어른들의 무관심과 부모의 학대는 물론 서로 간 왕따에도 익숙해져버린 아이들을 가르치며 절망한다. 자신을 유혹하려 하는 철없는 십 대 소녀를 오히려 따뜻하게 보살펴주기도 하고, 아버지의 학대와 친구들의 왕따에 지쳐버린 소녀를 웃음 짓게 만들기도 한다. 그는 스스로 자신을 망치는 길로 기꺼이 걸어가는 아이들에게 '왜 우리에게 공부가 필요한가'를 절절하게 깨우쳐준다.

헨리는 우리가 이중 사유doublethink의 그물망에 갇혔다는

것을 일깨운다. 조지 오웰의 『1984』에 등장하는 이중 사유
를 그는 이렇게 정의한다. 오류라는 것을 알면서도, 필사적
으로 그 거짓말에 매달리는 것. 예컨대 여성은 다음과 같은
이중 사유에 물들어 있다. '아, 나는 행복해지기 위해 예뻐져
야 해. 예뻐지기 위해서는 성형수술이 필요해. 나는 날씬해
져야 하고 유명해져야 하고 패셔너블해져야 해.' 외모에 매
달리는 삶이 거짓임을 알면서도, 필사적으로 외모에 집착하
는 것. 이것이 여성의 이중 사유라는 것이다. 한편 남성은 여
성을 소유해야 할 대상, 정복해야 할 존재, 무시해도 좋은 존
재, 마음대로 짓밟아도 괜찮은 존재로 생각한다는 것이다.
그것이 진실이 아님을 알면서도. 여성을 외모의 노예이자
성적 도구로 전락시키는 이런 이중 사유 속에서는 남성도
여성도 함께 불행해질 수밖에 없다. 헨리는 이것을 '마케팅
홀로코스트'라고 단언한다. 여성은 외모에 집착하고, 남성은
여성을 성적 도구로 대상화하는 이 사회의 집단적 자기기
만 속에서 정작 가려지는 진실은 바로 이것이다. 우리는 앞
으로 남은 인생 동안 24시간 내내 우리를 죽음으로 몰고 가
는 숨 막히는 중노동 속에서 살아가야 한다는 것. "그리하여
우리는 스스로를 보호하기 위해, 이렇듯 우리를 집단적인
바보로 전락시키는 시스템에 저항하기 위해, 책을 읽어야만

해. 우리의 상상력을 자극하고, 우리의 인식을 고양하고, 우리의 신념을 강하게 만들기 위해, 우리는 배워야만 해. 우리 모두는 저마다의 영혼을 지켜내고 보존해야만 하는 거야. 배움을 통해서.”

나는 영화 속에서 만난 뜻밖의 명강의에 화들짝 놀라 어느새 눈물을 뚝뚝 흘렸다. 내가 왜 아직도 매일 공부를 해야 하는지, 내가 왜 이토록 힘든 강의를 해야 하는지를, 그는 피를 토하는 영혼의 언어로 설득하고 있었다. 이렇게 절박한 헨리의 노력은 실패로 끝나고 만다. 그를 신처럼 숭배했던 여학생이 그가 자신을 ‘여성’으로 봐주지 않는다는 사실 때문에 절망하여 그의 눈앞에서 자살하고 만 것이다. 하지만 그는 포기하지 않는다. 오늘도 부모에게 버려지고 친구들에게 놀림받고 선생님들이 포기한 아이들을, 그는 변함없이 가르칠 것이다. 우리를 자본의 노예로 길들이는 온갖 권력의 횡포에 저항하기 위해. 오늘도 길을 잃고 황량한 거리를 떠돌고 있는, 미치도록 춥고 외로운 아이들을 위해.

수전 손택, 내 인생의 뮤즈

　예술은 의식주를 비롯한 여러 가지 기본적 욕구가 해결되어야 비로소 느낄 수 있는 고차원의 자유일까. 매슬로의 욕구 단계 이론처럼 생리적 욕구, 안전의 욕구, 소속 및 애정의 욕구, 자존과 존중의 욕구, 자아실현의 욕구가 다 실현된 다음에야 느끼는 것이 예술을 향한 감동의 욕구일까. 나는 아니라고 생각한다. 심지어 이 이론에는 예술을 통한 자기표현의 욕구가 명시되어 있지도 않다. 의식주, 안전, 애정, 존중, 자아실현 등 인간의 모든 욕구는 소중하지만, 이렇게 단계별로 나뉘어져 그래프로 중요도를 결정할 수 있는 것은 아니다. 욕구들 사이에는 수많은 교집합이 있고, 때로는 어느 것이 상위이고 어느 것이 하위인지 분간하기 어려울 때도 많다. 나는 우리 존재의 가장 밑바닥에 예술을 향한 열망이 물처럼 공기처럼 흙처럼 깔려 있다고 생각한다. 내 경우

에는 의식주가, 평화로운 삶이, 가장 원초적인 자존감이 위
협받을수록 예술에 대한 욕구는 오히려 커졌기 때문이다.

　내 이런 생각의 뿌리를 더듬다 보니, 나의 이런 감수성에
가장 많은 영감을 준 사람은 미국의 평론가이자 작가인 수
전 손택이었다. 수전 손택의 글을 읽지 않았더라면 나는 비
평가가 되지 않았을 것 같다. 또한 수전 손택이 아니었다면
비평가에서 작가로 변신하는 것이 내게는 너무도 어렵거나
불가능하다고 생각했을 것이다. 수전 손택에게 '비평가로서
평론'과 '작가로서 창조적 글쓰기'는 그렇게 멀리 떨어진 것
이 아니었다. 그는 비평가에서 소설가로, 에세이스트에서
연극 연출가로 종횡무진 활동을 펼쳤지만, 그 어느 하나도
갑작스럽거나 이질적인 행보는 아니었다. 그녀에겐 그 모든
글쓰기와 사회적 실천이 공작새의 찬란한 무지갯빛 날개처
럼 하나의 몸에서 우러나온 여러 개의 변화무쌍한 스펙트럼
이었다.

　누군가의 영향력이 진짜 빛을 발휘할 때는 '삶이 정말 힘
겹다'고 느낄 때다. 시도 소설도 아닌 평론을 쓰고 있자니 부
모님의 반대가 엄청난 압박으로 다가왔다. 내가 평론을 시

작했을 때 가장 싫어하신 분들은 부모님이었고, 주변 사람
들은 "그래서 너는 이다음에 뭘 할 건데?"라고 묻곤 했다.
'설마 평론을 계속할 생각은 아니지?' 하는 공격적인 암시가
느껴지는 질문이었다. 바로 그때 '나는 과연 무엇이 되어야
할까'라는 고민을 '내가 어떤 삶을 살아야 옳은 것일까'로 바
꾸어준 사람, 그가 바로 수전 손택이었다. 그녀의 비평 자체
가 곧 창작이었고, 타인의 삶에 참여하는 길이었으며, 그녀
의 삶과 떼어낼 수 없는 실천이었다. 수전 손택은 죽는 순간
까지 평론가였지만 평론의 프리즘을 통해 그녀가 원하는 모
든 것들을 해냈다. 평론의 대상을 세상 전체로 확장시킴으
로써, 평론의 형식을 곧 창작의 형식으로 전환함으로써, 더
이상 텍스트에 기생하지 않는 평론의 장을 열었다. 그녀를
알게 된 후 나는 내 한계를 똑바로 노려보기 시작했다. 비평
의 기생성은 비평 자체의 무능이 아니라 존재의 무능일 뿐
이라는 것을. 내가 우울한 것은 비평 때문이 아니라 비평을
통해 세상에 뜨겁게 참여하지 못하는 이 새가슴, 소심증 때
문이라는 것을.

　수전 손택은 『해석에 반대한다』에서 이렇게 말한다. "지
금 중요한 것은 감성을 회복하는 것이다. 우리는 더 잘 보고,

더 잘 듣고, 더 잘 느끼는 법을 배워야 한다." "해석학 대신 우리에게 필요한 것은 예술의 성애학erotics이다." 바로 이것이다. 그녀는 일상보다 드높은 곳에서 예술의 가치를 찾지 않았다. 그녀는 예술을 사랑함으로써 삶을 더 사랑할 수 있는 길을 끊임없이 탐색했다. 우리에게 필요한 것은 작품의 의미를 쥐어짜는 분석이 아니라 작품을 더욱 사랑할 수 있는 예민한 후각, 청각, 시각, 미각, 촉각을 갖는 것이며, 작품 속 인물의 고통을 곧바로 내 것으로 아파할 수 있는 통각을 날카롭게 벼리는 것이었다. 그녀에게 비평이란 타인의 슬픔에 참여할 수 있는 실천적 힘이었다.

1993년 당시 수전 손택은 전쟁의 총성과 폐허로 얼룩진 사라예보에서 연극 「고도를 기다리며」를 연출했다. 사라예보 바깥에서 전쟁을 관망하던 사람들은 그녀가 목숨을 걸고 사라예보까지 달려가 '그토록 우울한' 연극을 연출하는 의도를 이해하지 못했다. 하지만 그녀는 확신했다. 배우들과 관객들이 극장을 오가다 폭격을 맞거나 저격수에게 총격을 당해 죽을 수도 있지만, 사람들이 모두 현실도피적인 오락물만을 원한다는 것은 옳지 않은 생각이라고. 다른 곳과 마찬가지로 사라예보 사람들도 자신이 처한 현실을 예술로 변

형하고 확인하는 것에서 오히려 힘과 위안을 얻는다고. 살아 있음을 가장 뜨겁게 확인하는 길은, 우리가 단지 먹고 입고 자는 존재가 아님을 깨닫는 길은, 바로 '예술'을 사랑하고 실천함으로써 우리가 인간임을 잊지 않는 일이 아닐까. 사라예보 사람들이 잃어버린 것은 바로 스스로에 대한 존엄성이었으며, 그 존엄성을 회복하는 길은 폭격 소리가 울려 퍼지는 전쟁터에서도, 여전히 고도를 기다리는 희망의 몸짓이 아니었을까. 그녀의 비평은 세상에 대한 사랑이었고 타인의 고통을 향한 울음이었으며 그 고통을 낳은 자들을 향한 끝나지 않는 전투였다.

단지 작가가 되거나 무슨 직업을 갖는 것이 꿈이 아니라, 세상을 더욱 뜨겁게 사랑하고 싶은 꿈, 내게 잠재된 무한한 에너지를 이 세상과 사랑에 빠지는 데 쓰고 싶다는 당찬 꿈을 갖게 도와준 사람. 그가 바로 수전 손택이다. 아름다운 음악을 들으며 감동할 권리, 이 세상의 수많은 아름다움을 느낄 권리, 내 온몸과 온 마음으로 이 세계가 선물하는 최고의 가치를 누릴 권리. 그것은 삶이 힘겨울수록 더욱 절절히 목말라지는 원초적 열망이다. 예술을 향한 욕구가 진정으로 충족되면, 사랑받고 싶은 열망, 인정받고 싶은 열망, 자존감을 되찾고 싶은 열망 모두가 한꺼번에 실현되는 기적 같은 감동이 일어나니까. 나는 내게 주어진 모든 감수성을 다 쓰고 남김없이 내 에너지를 불태우고 살다 갔으면 좋겠다. 예술에 대한 사랑, 사람과 세상에 대한 사랑, 문학과 글쓰기에 대한 사랑이 나도 모르게 넘쳐나서, 그 사랑을 주체하지 못할 정도로 풍요롭고 충만한 인생을 살고 싶다. 나는 아름다운 음악을 들을 권리, 자신의 숨은 재능을 끌어내어 세상 밖으로 표출할 권리, 진정으로 마음 깊은 곳에서 솟아오르는 글을 쓸 권리를 지키기 위해 그 모든 것을 가로막는 세상과 싸울 것이다.

위대한
정신이
싹트는
순간

나는 항상 융으로 돌아온다. 심리학 자체는 매력적이지만 심리학에 의존하는 사람이 되고 싶지는 않다. '심리'라는 틀에 갇히기 싫어 다른 분야로 멀리멀리 떠나갔다가도, '또 한 해가 가는구나' 하는 생각 때문에 쓸쓸해지는 연말이 되면 나도 모르게 융으로 돌아와 있는 나 자신을 발견한다. 심리학이라는 단어에 갖는 거부감은 '이토록 복잡하고 불가해한 마음을 과학으로 해부한다는 것이 불가능하지 않을까' 하는 생각 때문이다. 내게 과학의 이미지는 아직도 조금은 차갑고 무섭고 공격적인 그 무엇이다. 과학은 소중하지만 과학으로 모든 것을 해결하려는 사람의 독단은 무섭다. 내 마음이라는 뜨거운 대상을 과학의 차가운 칼날에 베이기 싫은 마음이 남아 있다. 하지만 내가 다른 심리학자보다 융을 특별히 여기는 이유는 그가 항상 문학과 철학과 신화를 이야기하며 심리학을 더 커다란 인문학의 장으로 아우르기 때문이다. 그는 차가운 심리학을 뜨거운 심리학으로, 과학의 영역에 갇혀 있던 심리학을 인문학으로 확장한 사람이다.

심리학이 뭔가 커다란 사회적 영향력을 행사하며 아프고 힘들고 괴로운 사람들의 고민 위에 대단한 존재로 군림하는 현실이 썩 유쾌하지는 않다. 우리가 심리학을 필요로 하는 이유는 단지 당장의 심적 고통을 해소하기 위해서만은 아니다. 그것은 오히려 아주 작은 부분에 불과하다. 내가 꿈꾸는 심리학은 인간의 마음을 탐구할 수 있는 최첨단 현미경으로서 과학이 아니라, 아무리 탐사해도 끝이 보이지 않는 우주처럼 불가해한 인간의 마음에 대한 경의를 담은 그 무엇이다. 융의 마스터플랜은 단지 인간의 고통을 치유하는 것이 아니었다. 그는 인류의 집단 무의식을 신화라는 프리즘을 통해 해부하고 싶어 했다. 그러니까 한 사람 한 사람 마음의 상처를 치유하는 것이 전부가 아니라, 그를 통해 '인류의 무의식'을 탐구하는 것이 그의 커다란 그림이었다. 사실 나는 '심리학'이 좋은 것이 아니라 '인간의 마음'을 탐구하는 몸짓이 좋다. 그러려면 항상 융으로 되돌아와야만 한다.

프로이트를
넘어서며

『정신분석이란 무엇인가』는 카를 구스타프 융이 미국 포드햄 대학에서 한 정신분석 강의록이다. 그가 이 강의를 맡았던 1912년은 심리학의 권위 자체가 크게 의심받던 때였다. 게다가 융 자신도 스스로의 작업에 대해 끊임없이 질문을 던지던 시기였다. 그는 아직까지 정신분석의 발전 단계가 만족스럽지 못하다는 것을 강의 초반부터 인정한다. 정신분석의 진정한 창시자인 프로이트에 대한 커다란 존경심을 품었지만 그의 학설을 넘어서야 한다는 것도 알았다. 인간의 모든 리비도를 결국에는 성적인 것으로 환원해버리는 프로이트의 일원론을 넘어서기 위해 융은 끊임없이 분투했다.

이 책의 초반부에는 젊은 시절의 융이 프로이트 이론을 넘어서기 위해 프로이트 이론의 맹점을 하나하나 반박하는 내용이 나와 '카를 구스타프 융다운 장엄함과 품격'을 기대했던 독자는 조금 실망할 수도 있다. 그러나 프로이트는 융이 반드시 뛰어넘어야 할 산이었다. 프로이트를 넘어선다는 것은 단지 프로이트는 틀리고 융 자신은 옳다는 식의 이분법에 몸을 담는 것이 아니라, 프로이트의 업적을 최대한 존중하면서 프로이트 사상의 맹점을 공정하게 파헤치고, 마침내 프로이트와 대항하면서 융 자신이 '사상의 자기다움'을, 자기만의 특이성을 꽃피워내는 과정이다. 우리는 이 책을 통해 '카를 구스타프 융의 사상'이라는 꽃봉오리가 조금씩 부풀어 올라 마침내 만개하는 과정의 아름다움을 목격할 수 있다.

여기서 리비도라는 용어에서 '성적' 의미를 빼버리고, 그렇게 함으로써 프로이트가 『성욕에 관한 세 편의 에세이』에서 이 용어에 부여한 성적 정의를 확 없애버리고 싶은 유혹을 느낀다. (…) 초기 유아기의 아이도 치열하게 살고 있다. 고통도 받고 쾌락을 즐기기도 한다. 문제는 이것이다. 이 아이의 노력과 고통과 즐거움이 성욕 리비도 때문인가?

— **카를 구스타프 융**, 정명진 옮김, 『**정신분석이란 무엇인가**』, 부글북스, 2014, 68~69쪽.

내면의 분열이
시작되는 순간

이 책이 진정으로 흥미로워지는
순간은 융이 자신의 환자나 실제 사례를 설명하기 시작하는
부분이다. 자신의 결점을 인정하지 않으려는 데서 '내면의
분열'이 시작된다는 것이다. 정신 질환이 시작되는 최초의
순간을 프로이트는 유아기의 성적 트라우마에서 찾곤 하지
만, 융은 우선 각자가 처한 현재의 욕망과 행동에서 찾고자
한다. 인간의 자기 분열이 시작되는 순간은 어떤 순간일까.

예컨대 평생 알프스를 등반하는 것이 소원이었던 사람이
자신의 능력 부족을 깨닫고 포기하는 순간, 그는 기로에 직
면한다. 그는 정직하게 자신의 능력과 용기가 부족한 것을
인정함으로써 다음 행로를 준비할 수 있다. 하지만 '내 탓이
아니라 악천후 때문이야', '동료들이 도와주지 않아서야', '내
주변 상황이 나를 받쳐주지 않기 때문이야'라고 핑계를 대
는 방법도 있다. 솔직하게 자신의 결핍을 인정하는 사람은
언젠가 알프스에도 오를 수 있고, 자신에게 맞는 다음 행보
를 준비할 수도 있다. 하지만 부족함을 인정하지 못하는 사

람들은 '알프스에 오르는 사람들'을 이솝우화에 나오는 여우와 신 포도의 일화처럼 '거대한 신 포도'로 만들어버린다. 끝없이 '외부 상황' 탓으로 돌리며 자신의 진정한 문제로부터 도피하기 시작한다.

이것이 정신분석의 중요한 화두인 '퇴행'이다. 사실 자신의 결점을 인정하지 못하고 오히려 애꿎은 남을 탓하거나 질투하는 것은 유아적 행동이라는 것을 마음 깊숙한 곳에서는 알고 있지만, 일단 '나의 용기가 부족하다'는 충격적 사실로부터 도피하기 위해 스스로를 기만한다는 것이다. 이런 행동을 통해 잠깐 '자신이 작아지는 고통'에서 벗어나려 하지만, 실은 자신의 진짜 자아와 맞서게 된다. 마음속에서는 이제 두 가지 자아가 싹트고 분열하기 시작한다. 마음 깊은 곳에는 상황을 정확히 이해하는 본래의 자아가 있고, 다른 한편으로는 '나는 용기 있는 사람이지만 상황이 좋지 않아 지금 산을 오를 수 없다'는 식으로 스스로를 기만하는 또 하나의 자아가 탄생한다. 융은 말한다. 이런 자기기만과 자기모순의 결과로 리비도가 둘로 쪼개져, 각각의 리비도가 서로 대립한다고. 남에게 보이는 자아와 본래의 자아가 부조화를 이루는 상태, 그것이 바로 내면의 갈등으로 번져나간다.

자신의 상처를
직시할 것

더 나쁜 것은 리비도가 이런 쓸모
없는 전투에 매달리면서, 그는 어떠한 모험도 할 수 없게 돼
버린다는 것이다. 그가 끊임없이 자신을 속이는 한, 산을 오
르려는 원래의 소망을 결코 실현할 수 없게 되고, 다른 모든
일에 대해서도 점점 자신감과 의욕을 잃게 될 것이다. 용감
하게 현실과 맞서고, '아직 내가 능력과 용기가 부족함'을 인
정하고, '다음 도전'을 향해 열심히 준비하는 건강한 리비도
의 길을 버린 채, 자꾸만 애꿎은 외부 환경을 탓하며 유아적
반응을 보이는 것. 이것이 바로 심리학에서 말하는 '퇴행'이
다. 그의 리비도는 극복할 수 없는 장애로부터 철수하고 진
짜 행동을 유아적 환상으로 바꿔놓는다. 융은 신경증 환자
중 많은 사람이 바로 이런 '퇴행'을 겪음을 발견한다. 즉 대부
분의 정신 질환이 발생하는 최초의 원인 중 하나는 '자신에
게 정직하지 못한 또 하나의 자아가 탄생'함으로써 본래의
자아와 멀어지게 되는 것이다.

퇴행의 가장 부정적인 효과는 제대로 된 도전, 새로운 삶

을 향한 모험을 방해한다는 것이다. 퇴행을 경험한 환자는
자신의 기억을 차근차근 설명하거나, 냉철하게 자신의 기억
을 재생하는 데 강한 '저항'을 보인다. 이 저항이 치료를 어렵
게 하는 원인이 된다. 하지만 역설적으로 환자의 이 강한 '저
항'을 통해서만 의사는 환자의 트라우마에 접근할 수 있다.
자신의 상처를 제대로 직시할 수 있기 전까지, 환자들은 트
라우마의 원인이 자신의 '정직하지 못함'과 '스스로의 게으
름'에 있다는 것을 인정하지 못한다. 무엇보다 융은 이 '퇴행'
이나 '저항'이 신경증 환자에게만 나타나는 것이 아니라 모
든 사람에게 언제나 일어날 수 있음에 주목한다.

　융의 책을 읽는다는 것은 뛰어난 의사에게 우리 정신의
주도권을 맡겨버리는 수동적인 체험이 아니라, '내 무의식
의 진정한 발견자와 치유자'는 바로 나 자신임을 깨닫기까
지의 지적 동반자를 만나는 것이다. 우리 모두는 자기 운명
을 스스로 철저히 '내 손으로' 만들어가는 장인이다. 내 운명
이라는 작품을 어떻게 만들어나갈지는 자기 자신의 무의식
과 의식을 얼마나 제대로 통합하느냐에 달려 있다.

아침이
온다는
것은

"엄마, 아침은 왜 자꾸 오는 거야?" 다섯 살 조카가 제 엄마 앞에서 졸린 눈을 비비며 던진 질문이다. 유치원에 가기 싫은 아들의 질문에 쩔쩔매는 동생을 보며, 나 또한 뾰족한 답을 못 찾았다. 얼마나 철학적인 질문인가. 정말 아침은 왜 매일 쉬지도 않고 찾아오는 걸까. 아침을 설명하려면 시간을 이해해야 하고, 시간을 이해하려면 우주를 이해해야 한다. 우주를 손톱만큼이나마 이해한다 해도, 우주의 비밀을 아이의 언어로 설명할 재간이 내게는 없다. 나는 아침의 원리를 멋들어지게 설명할 수는 없지만, 대신 아침이 오는 소리를 온몸으로 느낄 수는 있다. 나이 들수록 하루에 한 번뿐인 시간들이 지닌 눈부신 아름다움을 예민하게 느낀다. 동트는 새벽 산책길의 싱그러운 나무 향기, 눈부시게 작열하는 정오의 햇살, 땅거미가 지는 어스름의 보랏빛 하늘. 그 모든 것들이 내게는 매일 만나는 기적처럼 느껴진다.

오비디우스의 『변신 이야기』는 우주 만물의 원리를 '변신'으로 해석한다. 우리가 변화를 멈추는 순간, 그것은 죽는 것이다. 죽음조차 그 의미가 시시각각 변한다. 변하지 않는 것은 오직 '변화'라는 관념 자체뿐이다. 『변신 이야기』는 살아 있기에 변신하는 것들, 더 멋지게 더 행복하게 더 싱그럽게 살고자 벌어지는 모든 변신에 대한 찬가다. 제우스는 좀처럼 마음을 열어주지 않는 여인들의 사랑을 얻기 위해 백조로 황소로 황금 빗물로 변신하고, 다프네는 아폴로의 사랑을 거부하기 위해 월계수로 변신한다. 변신을 통해 그들은 새로운 삶, 새로운 사랑, 새로운 자신을 얻는다.

변신을 멈추는 자들, 영원히 현 상태를 고수하려는 자들은 그대로 고인 채 썩어버린 권력이 된다. 작품을 바라보는 눈도 그렇다. 늘 똑같은 눈으로만 책과 그림과 세상과 사람을 바라보면, 우리는 새로운 네트워크를 만들 수 없다. 시간이 흐르니 신화를 보는 내 시선도 변해간다. 예전에는 아폴로와 다프네의 이야기를 여성의 일방적 희생이라 생각했다. 아폴로의 대책 없는 구애를 피해 월계수로 변해버리다니.

하지만 다시 생각해보니 이것은 다프네의 실패가 아니다. 다프네는 죽거나 강간당한 것이 아니라 '다른 삶'을 찾은 것이기에. 그의 변신은 인류 최초의 '무성애자 선언' 같다. 다프네를 통해 나는 '사랑에 빠지지 않을 권리'를 생각한다. 모두가 사랑을 예찬할 때, 사랑이 아닌 '나의 삶'을 생각할 권리. 사랑에 빠지는 것이 권리인 만큼, 사랑에 빠지지 않는 것도 존재의 엄연한 권리임을, 월계수로 변신한 다프네는 증언한다.

　다프네는 죽은 것이 아니라 월계수로 변신함으로써 새로운 삶을 얻은 것이다. 나는 다프네처럼 엄청난 변신을 할 수는 없지만, 누군가를 만날 때마다, 그리워할 때마다, 글을 쓸 때마다, 강의를 할 때마다 조금씩 변해가는 나를 느낀다. 그럴 때마다 처음처럼 두근거린다. 무언가 내 안에 소중한 씨앗이 자라 언젠가는 아름드리나무로 변신할 수 있으리라는 기대감이 싹튼다. 그럴 때가 바로 생의 아침이 오는 순간이다. "아침은 도대체 왜 오는 거야?"라고 질문했던 조카가 좀 더 크면 이야기해주고 싶다. 아침이 온다는 것은 모든 것이 변화하고 있다는 것, 그리하여 모든 것이 아직 살아 있다는 아름다운 증거라고. 아침이 온다는 것은 아직 희망이 남아

있다는 뜻이라고. 아침이 온다는 것은 아직 사랑할 시간이
남아 있다는 뜻이라고.

이 글은 『그림자 여행』(정여울, 추수밭, 2015, 301~303쪽.)의 문장을 수정하여 수록하였
습니다.

전쟁의
포화 속에서
보낸
800여 통의
편지

　여행 하면 떠오르는 이미지들은 흔히 치유, 휴식, 놀이 같
은 화사하고 긍정적인 이미지들이다. 하지만 본의 아니게
강제적으로 기나긴 여행을 떠난 사람들의 절절한 이야기가
때늦은 감동을 주기도 한다. 네덜란드인 하멜은 무려 13년
동안이나 제주도에 억류되었으나 동인도회사로부터 그사
이 밀린 체불임금을 받기 위해 『하멜 표류기』를 썼다. 그의
기록은 사실 '여행의 기쁨'이 아니라 '밀린 임금을 반드시 받
아내야 한다는 압박감' 속에서 창조된 셈이다. 제주도가 어
디에 있는지 알지도 못하는 사람들에게 '내가 13년 동안 결
코 놀기만 한 것이 아니랍니다'라는 사실을 증명하기 위해
그는 책을 썼고, 그것은 저자의 의도를 뛰어넘어 기념비적
인 제주 여행기가 되었다. 나주 출신의 선비 최부 또한 아버
지의 부음을 듣고 배를 타고 나섰다가 풍랑을 만나 중국 땅

에 표류하게 되고, 왜구로 오해받아 갖은 곤란을 치른 후 천신만고 끝에 조선에 돌아오기까지 무려 6개월의 뜻하지 않은 여행을 『표해록』에 담았다. 유배지에 가는 동안의 온갖 고생과 설움을 오히려 감동적인 여행 스토리로 풀어낸 선비 이옥의 「남정십편」도 있다.

이렇듯 '여행을 위한 여행'이 아니라 불가피한 상황 때문에 강제로 이동을 해야 했던 사람들의 여행기는 역사책에는 나오지 않는 당시 사람들의 미세한 삶의 이야기가 담겨 있어 더욱 뜨거운 감동을 준다. 『한 병사의 스케치북A Soldier's Sketchbook』 또한 예기치 않은 떠남으로 인해 뜻밖의 모험을 하게 된 한 사람의 이야기가 등장한다. 조지프 패리스Joseph Farris는 겨우 열여덟 살 때 제2차 세계대전에 참전하기 위해 미국에서 프랑스로 떠나야 했던 병사였다. 징집영장을 받았을 때 갓 고등학교를 졸업한 청소년에 불과했던 그는 1944년에서 1946년까지 연합군에 복무하는 동안 무려 800여 통의 편지를 집으로 보낸다. 이 책은 바로 그 800여 통의 편지, 사진, 그리고 그가 직접 그린 그림과 만화를 다큐멘터리식으로 갈무리한 기념비적인 작품이다. 역사가나 기자의 시선이 아닌 평범한 병사의 눈으로 그려낸 전쟁의 참상은 더욱

꿈틀거리는 생동감으로 다가온다. 이보다 더욱 감동적인 것
은 이 열여덟 살 병사가 '전쟁'이라는 긴박한 상황 속에서 그
끔찍한 체험을 일종의 모험 가득한 여행처럼 생각하는 따뜻
하고 유머러스한 시선이다.

　그는 전쟁이 끝난 후 60년 동안 부모님이 고이 보관해둔
그 800여 통의 편지들을 다시 읽어보지 않았다고 한다. 돌아
보기 힘든 끔찍한 나날들이었으니, 어떻게든 전쟁의 기억으
로부터 도망치고 싶었을 것이다. 그러나 2004년경 그는 죽
음이 얼마 남지 않았다고 느꼈을 때 가족들에게 자신이 살
아온 인생사를 들려주기 위해 먼지 쌓인 그 기록들을 펼쳐
보게 된다. 가족들은 그에게 출판을 권했고, 이 뜻밖의 여행
기록은 누구도 상상하지 못했던 한 권의 책이 되었다. 그는
참전 중 연합군의 이동 경로를 따라 유럽 곳곳을 누비게 되
었고 그 불가피한 모험의 기록이 책으로 태어난 것이다. 그
는 때로는 배고픔과 추위와 죽음의 공포 속에 벌벌 떨며 행
군을 해야 했고, 때로는 잠시 꿈결 같은 휴가를 얻어 군인을
위한 교육 프로그램을 수강하거나 유럽 문화유산에 깃든 풍
부한 지혜와 영감을 듬뿍 흡수하기도 했다. 전시 상황이라
는 것만 빼면 하루하루가 새로운 모험으로 가득 찬 빼어난

여행담이 될 수도 있었을 것이다. 하지만 전쟁이 끝난 지 반세기가 넘은 지금, 이 책은 모험담을 넘어 살아 있는 역사의 현장을 담은 인류사의 다큐멘터리로 읽힌다.

나는 첫 번째 저격수가 되어 엄청나게 무거운 삼각대를 들고 행군해야 했다. 모두가 완전무장을 한 상태였기에, 누구도 불평을 터뜨리거나 짐을 바꾸어 들지 못했다. (…) 첫 번째 부상자가 발생했다. 부상병의 한쪽 팔이 떨어져 팔꿈치 아래가 완전히 날아가 버렸다. 옆에 있던 병사는 공황에 빠져 그 상황을 받아들이지 못하고 도망쳤고, 위생병이 그를 뒤쫓아갔다. (…) 남은 병사들은 모두 폭발물과 총탄이 사방으로 날아다니는 대혼란의 한가운데로 진군했다. 갑자기 내 오른쪽 몸에 강한 충격이 느껴졌고, 나는 총알의 파편 하나가 내게 꽂혔음을 알게되었다. 다행스럽게도 속력이 거의 줄어든 상태의 파편이라 몸을 뚫고 들어오진 않았다. 나는 파편을 재빨리 꺼내 땅바닥에 내버렸다. 파편은 여전히 뜨거운 상태였다!

― 조지프 패리스, 『한 병사의 스케치북』, 내셔널지오그래픽,
  2011 중에서.

　오늘날 현대인에게 여행은 놀이의 일종이지만, 여행이 자
유롭지 않았던 과거에는 사신의 행렬처럼 특수한 임무를 띤
것이거나 살아남기 위한 불가피한 선택인 경우가 많았다.
『한 병사의 스케치북』도 바로 그런 의미에서 의미심장한 책
이다. 패리스는 자발적으로 여행을 시작한 것이 아니었다.
어쩌면 가장 떠나기 싫은 여행, 전쟁터의 군인으로 징집당
한 것이다. 그리고 본의 아니게 유럽을 일주했다. 하지만 그
뜻하지 않은 고난의 여정 위에서 그는 삶을, 사람을, 역사를,
예술을 배운다. 그것은 고통스러운 과정이었지만 그에게 평
생 마음에 품어야만 했던 신념의 씨앗을 심어준다. 다시는
이런 전쟁이 일어나서는 안 된다는 것. 애국심으로도 그 어
떤 화려한 대의로도 전쟁을 정당화할 수는 없음을. 그는 구
사일생으로 살아 돌아와 훌륭한 만화가가 되었으며, 전쟁에
반대하는 그림을 전시하기도 했고, 그때 그 시절 배운 사랑
과 평화와 우정의 기예를 삶 속에서 실천해왔다. 그는 멋진
여행을 꿈꾼 것이 아니었지만 결국 인생의 황혼기에는 이토
록 아름다운 여행기를 쓸 수 있었다. 그는 단지 죽지 않고 살
아 돌아오기만을 바랐지만, 돌이켜보면 가장 극적인 여행의
주인공이 되었다. 그는 살아남았지만, 신출귀몰한 솜씨로
피아노를 쳐내며 주변의 촉망을 한 몸에 받았던 소년, 마음

이 햇살처럼 따뜻했던 그의 친구는 죽었다. 제2차 세계대전의 사망자는 무려 6천만 명으로 추산된다고 한다.

패리스는 전쟁의 포화 속에서도 피어나는 생의 기적들을 본다. 예배 도중에 군대에 남은 유일한 살아 있는 악기, 자신의 목소리로 천상의 화음을 만들어 열과 성의를 다해 '신의 목소리'를 재현하는 동료 군인들을 보았다. 군인들에게 커피와 도넛을 나눠주며 위험을 무릅쓰고 아무런 대가 없이 자원봉사를 하는 적십자 자원봉사자 소녀들을 만나 가슴 설레기도 한다. 무엇보다 고향에 있을 때도 얻기 쉽지 않은 무료 교육 프로그램에 참여해 그토록 공부하고 싶던 미술을 배우기도 한다. 그는 여행을 한 것이 아니라 전쟁에 참여한 것이지만, 오랜 시간이 흘러 전쟁의 여정은 곧 열여덟 살 소년 병사의 지울 수 없는 삶의 여정이자 성장의 여정이 되었다.

그가 그토록 참혹한 전쟁의 포화 속에서도 무려 800여 통의 편지를 거의 매일 썼다는 것이 놀랍다. 그 800여 통의 편지와 사진과 그림이 무사히 포화를 뚫고 프랑스나 독일에서부터 미국의 코네티컷까지 빠짐없이 도착했다는 것은 더욱 놀랍다. 스무 살도 안 된 아들을 머나먼 전쟁터에 보내놓은

채 하루하루 마음 졸이며 살아가던 가족들은 재롱둥이 아들
이 하루가 멀다 하고 부치는 편지 덕분에 아들의 무사함을
확인할 수가 있었다. 그러나 무엇보다도 놀라운 것은 그가
그토록 끔찍한 전쟁의 참상을 목격하고도, 조금도 타락하거
나 인생을 포기하지 않고 최고의 아티스트가 되었다는 것,
인간에 대한 믿음을 저버리지 않았다는 것, 세상에 대한 사
랑을 포기하지 않았다는 것이다.

언젠가
정원가로
다시
태어난다면

아, 내가 꼭 쓰려고 했던 책인데! 언젠가 정원을 가꾸게 되면, 바로 이런 책을 쓰고 싶었는데. 카렐 차페크의 『정원가의 열두 달』을 읽으며 나는 무릎을 쳤다. 부러움과 반가움과 애틋함이 동시에 느껴지는 아름다운 순간이었다. 이렇게 꽃과 나무를 세상 무엇보다 사랑하면서도 어딘가 서투르고 성질이 급한 나머지 걸핏하면 실수를 저지르고 매사에 투덜거리는 사람, 그럼에도 불구하고 '정원가로 살아가는 일'에 무한한 애정을 느끼는 사람의 이야기를 쓰고 싶었다. 정원에 대해 열심히 공부를 한다고 쓸 수 있는 책도 아니며, 정원을 가꾼 남의 이야기만 들어서도 안 되며, 반드시 내가 직접 정원가의 삶을 실제로 살아야만 쓸 수 있는 책이기에 차일피일 미루기만 했다. 『정원가의 열두 달』은 '언젠가 나도 꼭 나만의 아름다운 정원을 가꿀 거야'라는 꿈만 꾸며 매연과 미세먼지 가득한 도시를 떠나지 못하는 우리 현대인에게 상큼한 강펀치를 날린다. 이 책은 '마음속에서만 가꾸는 정원'의 환상을 단번에 날려주며 '진짜 정원 가꾸기란 이렇게 힘들고 어렵고 괴로운 거란다, 그래도 도전할래?'라는 패기 넘치는 질문을 던지는 것이다.

하지만 카렐 차페크가 제안하는 정원가의 삶은 결코 뜻밖의 고생만으로 얼룩진 것이 아니다. 그는 일상의 모든 에너지를 탈탈 쏟아부어야만 느낄 수 있는 정원 가꾸기의 아름다움, 때로는 휴가까지 반납해야 할 정도로 '풀타임 잡'에 가까운 정원 가꾸기의 일상 속에 깃든 찬란한 생의 신비를 이야기하고 싶은 것이다. 그는 알고 있다. 우리가 꽃과 나무와 하늘과 땅을 그리워하는 인간인 한, 생명이 있는 그 모든 것들에 대한 사랑을 포기하지 않는 한, 정원 가꾸기의 이상을 결코 버리지 못할 것임을. 정원 가꾸기란 끊임없이 날씨의 변동과 꽃들의 예측 불가능성에 좌절하면서도, 그럼에도 자연의 아름다움을 내 집 안으로 초대하는 삶의 눈부신 가능성을 포기하지 않는 일이었다.

내가 정원가로 다시 태어날 수 있다면. 아침에 일어나 날씨가 좋으면 '우리 장미가 행복해하겠네' 하고 미소 짓고, 비가 많이 오면 '우리 떡갈나무가 시원한 물을 듬뿍 머금어야 할 텐데' 하고 중얼거리게 되지 않을까. 하루하루를 나의 입장만이 아니라 나무의 입장, 꽃의 입장에서 생각해보게 될 것이다. 정원가로 산다는 것은 마치 매일매일 다시 태어나는 듯한 기분으로 세계의 아름다움을 호흡하는 것이며, 자연을 씨앗부터 성체에 이르기까지 키워내는 대자연의 어머니와 같은 시선으로 바라보는 일이다. 정원가가 된다는 것은 하늘과 땅에서 일어나는 모든 일에 예민한 촉수를 드리우는 일이며, 바람 한 점에도, 비 한 방울에도, 눈 한 송이에도 정원의 꽃과 나무가 전혀 다른 운명을 겪을 수 있음을, 그 무한한 예측 불가능성이 품고 있는 아픔과 사랑의 순간까지도 품어 안는 것을 의미한다.

그리하여 정원가가 된다는 것은 한 세계를 낳는 것, 그리하여 그 세계를 아무런 군말 없이 온전히 품어 안는 더 커다란 사랑을 실천하는 일일 것이다. 이 책을 읽으며 나는 내내 멜빵바지를 입고 밀짚모자를 쓰고 땀을 닦으며 친구들에게 '내 정원에 놀러오세요'라고 말할 수 있는 정원가의 삶을 꿈꾸었다. 화가 클로드 모네처럼, 작가 헤르만 헤세처럼, 그리고 작가이자 정원가였던 카렐 차페크처럼. 나도 언젠가는 나의 정원으로 당신을 초대할 수 있는 사람, 자연의 아름다움을 내 집 안으로 초대할 수 있는 꿈 많고 바지런한 정원가가 되었으면 좋겠다. 하지만 업무에 치이고 일상에 질식하여 정원을 가꿀 수 없는 우리들의 현재, 화분 하나도 제대로 건사하지 못하는 내가 실천할 수 있는 또 하나의 정원 사랑법이 있다. 바로 우리 주변의 꽃과 나무와 하늘과 바람과 별을 사랑하는 것, 그리고 이렇게 아름다운 정원가의 책을 읽으며 언젠가 내가 가꾸어갈 정원의 아름다움을 마음껏 상상하는 일이다.

카렐 차페크의 『정원가의 열두 달』을 읽고 있으면 내가 바쁘다는 이유로 무심코 흘려보냈던 그 모든 '1월, 2월, 3월……'이 꽃과 나무들에게는 얼마나 소중하고 찬란한 태어남의 시간, 피어남의 시간이었는지를 되새기게 된다. 꽃은 봄에만 피는 것이 아니라 10월, 11월에도 부지런히 '제2의 봄'을 피워내고 있었다. 모든 꽃이 겨울잠을 자는 1월에는 심지어 우리의 창유리에 온갖 휘황찬란한 모양으로 빛나는 '성에꽃'을 피워내는 자연의 위대함에 우리는 새삼 옷깃을 여미게 된다. 정원가로 다시 태어난다는 것, 그것은 꽃과 나무와 흙과 비를 사랑할 줄 알기에 다른 모든 탐욕으로부터 자유로워지는 것을 의미한다. 오랜만에 찬란한 햇살이 비치면 '우리 나팔꽃이 행복해하겠네' 하고 미소를 짓게 되고, 눈이 녹기 시작하면 '이제 곧 우리 어여쁜 스노드롭을 볼 수 있겠네' 하고 흐뭇해하며, 아이슬란드나 시베리아에서 북풍이 몰아친다고 하면 '우리 정원의 내 새끼들은 어쩌나' 하고 아기 새를 지키는 어미 새의 심정이 되는 정원가의 삶에는 돈이나 명성을 찾아 뛰어다닐 삶의 여유가 없기 때문이다.

　정원을 가꾼다는 것은 내일 내 작은 꽃밭에 심을 희망의 씨앗을 항상 마음속에 지닌다는 것이다. 정원을 가꿀 수 있는 축복이란 곧 자연과 인간에 대한 사랑과 공감 능력을 더욱 확장하는 마음 수련의 기회가 생긴다는 것을 의미하기도 한다. 그리하여 정원가가 된다는 것은 4차 산업혁명이 일어나든 인공지능의 세상이 오든 결코 포기할 수 없는 아름다운 꿈이며, 우리가 그 모든 세계정세의 급변 속에서도 변함없이 꿋꿋하게 내 집 안에서도 매일 행복해질 수 있는 최고의 비결인 것이다. 어디 멀리 나갈 필요 없이 바로 내 집 안에서도 천국을 만들 수 있는 기회, 그것이 바로 정원 가꾸기의 힘이다. 나는 카렐 차페크의 글을 읽으며 생각해본다. 우

리에게 저마다 아침저녁으로 물을 주며 돌봐야 할 작은 정
원이 있다면, 우리가 사는 세상은 좀 더 서로에게 너그럽고
사랑이 넘치며 상처를 주지 않는 세상이 되지 않을까 하고.
나는 카렐 차페크의 글을 통해 새삼 깨닫는다. 정원 가꾸기
란 자신의 작은 앞마당을 더없이 완벽하고 아름다운 또 하
나의 우주로 만드는 일임을.

나는 당신과
소소한
것들을
나누고
싶습니다

　따스한 인간관계를 만들어가는 사람들의 공통된 특징은
뭘까. 그들은 사소한 일상적 이야기, 즉 스몰토크의 힘을 알
고 있다는 점이다. 아이가 학교에서 돌아왔을 때 오늘은 무
슨 일이 있었는지 아주 시시콜콜한 이야기까지도 꼭 들어주
는 부모들, 배우자와 일상적인 대화를 할 때 상대방의 기분
과 건강 상태까지 자신도 모르게 자연스럽게 체크하는 사
람들, 밥은 먹었는지, 잠은 잘 잤는지, 오늘 날씨가 어땠는지
같은 아주 일상적인 대화의 소중함을 아는 사람들의 인간관
계는 매너리즘에 빠지지 않는다.

　행복한 인간관계를 만들어가는 스몰토크의 힘을 증언하
는 아름다운 작품 중 하나가 『빨간 머리 앤』이다. 평생 독신
으로 살아왔던 마릴라와 매슈 남매는 서로에게 많은 말을

하지 않고 살아왔다. 두 사람 다 과묵하고 지나치다 싶으리
만치 남의 일에는 관심이 없었으며 당연히 스몰토크 또한
부족했다. 앤이 없었더라면 그들에게는 평생 '평화로운 대
신 아무런 재미있는 일도 일어나지 않는' 일상이 계속되었
을 것이다. 마릴라는 처음에 앤의 끝도 없는 수다를 견디기
어려워한다. 조용하던 집안이 갑자기 엄청나게 시끄러워졌
으니까. 또한 앤의 끝없이 이어지는 스몰토크의 주제를 예
측도 통제도 할 수 없었으니까. 하지만 앤의 어디로 튈지 모
르는 끝없는 스몰토크를 들어주며 마릴라는 앤과 '함께하지
못한 시간'에 안타까움을 느끼게 된다. "호수에선 배도 탄대
요. 아이스크림 얘긴 제가 했었죠? 아직 한 번도 아이스크림
을 먹어본 적이 없어요. 다이애나가 아이스크림 맛을 설명
해주려고 애썼지만 그건 상상으로는 느낄 수 없는 건가 봐
요." 아이스크림을 한 번도 먹어본 적이 없는 앤, 소풍을 한
번도 가본 적이 없는 앤. 마릴라는 이렇게 외롭고 곤궁한 삶
을 살아온 앤에게 안쓰러움을 느끼고, 처음에는 연민으로
시작되었던 이 감정은 깊은 사랑과 헌신의 열정으로 변모
한다.

　마릴라의 입장에선 모든 일을 너무도 과도한 열정으로 상

상하고 기대하는 앤이 걱정스러울 때도 있다. "넌 뭘 그렇게 모든 일에 열띠게 구니, 앤. 너무 그러면 앞으로 실망할 일도 많은 법인데." 앤은 이렇게 말한다. "무언가를 기대하는 건 그 기쁨의 절반을 미리 누린단 거잖아요. 혹시 이루어지지 못한다 해도 기대하는 동안의 즐거움은 아무도 막지 못할 거예요. 린드 부인은 '아무것도 바라지 않는 자 복 받을지어다, 그는 결코 실망하지 않기 때문이다'라고 말해줬지만 전 실망하는 것보다 아무것도 기대하지 않는 게 더 나쁜 것 같아요." 앤은 쓸데없는 수다를 떠는 것처럼 보이지만 사실은 인생의 아주 소중한 가치에 대해 매일 눈뜨고 있는 중이다. 린드 부인처럼 아무것도 바라지 않는 사람은 결코 실망할 일이 없겠지만, 아무것도 바라지 않는 삶은 어떤 희망도 기대도 없는 삶이기에. 설령 실망할지라도 기대를 멈추지 않는 것, 상상만큼 아름답지 않은 현실에 상처받을지라도 꿈꾸는 일을 멈추지 않는 것. 앤은 바로 그런 희망과 상상, 기대와 창조를 멈추지 않을 권리를 일깨워준다. 목석처럼 단단한 마릴라의 마음은 앤과의 끝없는 스몰토크를 통해 점점 부드럽고 따스하고 풍요로워진다. 앤은 스쳐가는 모든 것에 자기만의 독특한 이름을 붙이고, 하루에도 수백 번씩 변화하는 감정의 물결을 숨김없이 드러내며, 마릴라의 잿빛 일상을 무지갯빛 아름다움으로 물들인다.

　'사랑'은 하지만 '친밀감'은 부족한 커플들의 특징은 바로 이런 스몰토크가 부족하다는 점이다. 사랑은 서로를 향한 이끌림, 매혹을 전제로 하지만 친밀감은 '우정'에 가까운 감정이다. 가족 사이에도, 연인 사이에도, 직장 동료나 선후배 사이에도, 단순한 소속감이 아닌 우정에 가까운 감정이 필요하다. 우정의 핵심은 동질감이 아니라 배려와 존중이다. 그가 나와 많이 다를지라도, 상대방이 나와 이해관계를 함께하지 않을지라도, 그를 존중하고 배려할 수 있을 때 관계는 더욱 오래 지속될 수 있다. 스몰토크는 이렇듯 '작은 주제'를 가지고 이야기하는 것이지만 결코 그 힘은 작지 않다. 때로는 상대방의 숨겨진 진심을 이해하는 척도가 되며, 먼 훗날 그 사람을 더 이상 만날 수 없을 때 가장 그리운 대상이 바로 '그와 나눈 사소한 대화'가 될 수도 있다. 스몰토크는 아주 소소한 일상의 대화지만 알고 보면 우리 삶의 '커다란 힘'이자 '든든한 지원군'이 될 수 있다.

그림자
위안으로부터
탈주하라

어느 날 습관적으로 커피를 하루에 다섯 잔 이상 마시고 있는 나를 발견한다면? 술이나 담배를 매일 즐기면서도 '무슨 맛인지 모르겠다', '내가 왜 마시는지 모르겠다'는 생각이 자주 든다면. 그것은 진정한 위안이 아니라 '그림자 위안 shadow comforts'일 가능성이 높다. 커피와 담배와 술 자체가 문제가 아니라, 향기와 맛도 음미하지 못한 채 그것들이 주는 잠깐의 쾌락에 중독되어 있는 상태가 문제다. 일중독도 마찬가지다. '내가 왜 이 일을 하는가'를 고민할 새도 없이 또는 고민 자체를 차단한 채, 차라리 일에 미쳐서 다른 고민을 잊어버리려는 마음이라면 그 일이 주는 기쁨은 그림자 위안일 수 있다. 잘 때도 휴대전화를 꼭 머리맡에 두고 그것이 없으면 심각한 불안을 느끼는 것도 특별히 휴대전화로 뭔가 의미 있는 일을 해서가 아니라 그것에 의존하는 상태 자체에 길들어버린 그림자 위안이다. 온갖 고민거리에 대한 주의 집중과 각양각색의 타인에 대한 배려심을 마비시키는 것, 오직 습관적으로 중독적인 행위를 함으로써만 즉각적인 만족을 얻는 것. 그것이 그림자 위안의 쓸쓸한 뒷모습이다. 우리를 중독시키는 것들의 겉모습은 '쾌락'이지만, 그 본질은 '마비'다.

작가 제니퍼 라우든Jennifer Louden은 이렇듯 쾌락을 주면서도 실제로는 감각을 마비시키는 행동을 '그림자 위안'이라고 부른다. 불안감과 무력감을 느끼지 않기 위해, 우울로부터 도피하기 위해 우리가 찾는 모든 중독 대상들은 그림자 위안이다. 그림자 위안의 가장 큰 문제점은 진짜 문제와의 '대면'을 회피하게 만드는 것이다. 우울하거나 불안할 때는 그 감정 자체를 피하기보다는 '왜 우울한가, 왜 불안한가'를 정확하게 직시하고 고통을 불러일으키는 바로 그 문제와 직면하는 것이 낫다. 실제로는 이 '직면'으로 인한 힘겨운 깨달음이 '도피'로 인한 잠깐의 쾌락보다 훨씬 크다는 것을 마음 깊은 곳에서는 알면서도, 사람들은 손쉬운 쾌락, 그림자 위안으로 빠져들곤 한다. 제니퍼 라우든은 『라이프 오거나이저The Life Organizer』라는 책에서 이렇게 말한다. "중요한 것

은 당신이 무엇을 하느냐가 아니다. 왜 그것을 하고 있느냐
가 정말 중요하다. 만약 당신이 초콜릿을 먹을 때 성찬식의
축복을 누리듯이 천천히 음미하며 먹는다면, 그것은 진정한
위안이다. 하지만 당신이 심하게 흥분해서 마음을 가라앉히
기 위해 초코바 하나를 통째로 입에 넣은 채 먹어도 그 맛을
모르겠다면, 그것은 그림자 위안이다.” 『마음가면』을 쓴 브
레네 브라운은 쾌락과 위안과 마비를 구분할 수 있는 혜안
이 필요함을 역설한다. 알코올이나 니코틴 같은 중독성 물
질이 주는 행복은 강렬하지만 일시적이다. 하지만 습관적
인 흡연이나 음주가 아닌 가끔 그 향기와 흥취를 온전히 느
끼며 천천히 즐기는 와인 한 잔 정도는 삶의 기쁨이 될 수 있
다. 취해서 그 술이 무슨 맛인지도 모른 채 습관적으로 폭음
을 하는 것은 그림자 위안이지만, 음주 운전은 절대로 하지
않고 가끔 ‘와인 한 잔의 여유’를 즐기는 것은 행복의 작은
출구가 될 수 있다.

　신화학자 조지프 캠벨은 “당신의 천복을 따라가라Follow
your bliss”라고 말했다. 여기서 블리스는 외부의 자극이나 인
정으로 인한 행복이 아니라 ‘누가 뭐래도 내가 좋은 것’을 말
한다. 보수가 적거나 크나큰 인정을 받지 못해도 그저 내가

그 일을 하고 있으면 커다란 내적 충만함을 느끼는 것, 이런 것이 블리스다. 얼마 전에 흔들리는 버스 안에서 계속 글을 쓰는 나를 보고 어떤 분이 "그렇게 흔들리는 차 안에서 일을 하면 힘들지 않느냐"라고 걱정하셨는데, 나도 모르게 이렇게 말하고 있었다. "힘들지요. 그런데 흔들리는 차 안에서 글을 못 쓰면 더 힘들거든요." 좀 더 생각하고 단어를 다듬을 틈도 없이 나도 모르게 튀어나온 말이었다. 그때 깨달았다. 멀미가 날 것 같은 어지러움 속에서도 글을 쓰는 것이 마냥 어처구니없이 좋은 것, 그것이 내 인생의 블리스였음을. 블리스는 고통을 허용하는 기쁨이다. 슬픔조차 감수하는 희열, 죽을 것같이 힘들다가도, 너무 고된 나머지 "다시는 이 짓 말아야지"라고 투덜거리다가도, 어느새 '그다음에는 어떻게 해야 더 잘할 수 있을까' 나도 모르게 연구하는 그런 일이 우리의 진정한 희열이다. 잠깐의 쾌락보다 오래가는 희열, 타인의 비판에 주눅 들지 않는 기쁨의 특징은 '나만의 고립된 즐거움'이 아니라 내가 그 일을 함으로써 '이 세상을 구성하는 작은 벽돌 하나를 쌓아 올리는 느낌'을 주는 것이 아닐까. 내가 세상과 연결되어 있다는 느낌, 힘든 순간에도 이건 '의미 있는 고통'이라는 믿음을 주는 고생, 그런 블리스에 우리 마음을 기쁘게 내어주자.

우리가
싸워내야 할
다름에
대한
폭력

'중뿔나게 행동하지 마라', '남들 사는 것처럼은 살아봐야
지', '모난 돌이 정 맞는다'. 이런 말들은 '사회화'라는 것이 얼
마나 개인의 자율성을 박탈하는 것인지를 증언한다. 중뿔난
행동은 그 사람의 자유를 향한 목마름 때문일 수 있고, 남들
처럼 못 사는 것은 남다른 소신의 표현일 수 있으며, 모가 나
서 정을 맞는 것은 그 사람의 못 말리는 창조성일 수도 있다.
개인의 자율과 창조성을 허락하는 사회라면 추석과 설 연휴
때마다 단지 친척이라는 이유만으로 '결혼은 언제 할 거냐',
'취직은 어디로 했냐', '둘째는 언제 가질 거냐'라는 식의 심
각한 프라이버시 침해가 일어날 리 없다.

이디스 워튼의 『순수의 시대』를 읽을 때마다 억압적인 집
단이 자유로운 개인을 배제하는 방식이 얼마나 뿌리 깊은

인류의 악습인지를 깨닫게 된다. 1870년대 뉴욕, 그곳은 유럽 상류사회의 복사판이면서 동시에 '유럽의 귀족을 흉내내도 그 자체는 될 수 없는 자신들'의 한계를 깨닫지 못하는 자화자찬에 빠진 속물들의 천국이다. 메이 웰랜드와 뉴랜드 아처는 그런 뉴욕 상류층이 키워낸 최고의 엘리트들이며 아름다운 한 쌍의 커플이다. 유럽에서 온갖 진귀한 보석과 화려한 드레스에 둘러싸여 살았지만 남편의 상습적인 불륜과 가정에 대한 무관심에 절망한 엘렌은 고향인 뉴욕으로 돌아와 '자유'를 얻고 싶어 한다. 모두가 자신을 반겨줄 거라고 믿었던 엘렌은 '고향이야말로 가장 위험한 곳'이라는 사실을 처참하게 깨닫는다. 그녀의 환영 만찬에 초대된 모든 사람들이 온갖 핑계를 둘러대며 의도적으로 불참했던 것이다. 순수해 보이지만 알고 보면 무시무시한 벽창호인 메이와 약혼한 뉴랜드는 자신이 만났던 그 모든 귀족 여인들과는 전혀 다른 자유의 향기를 뿜어내는 엘렌에게 매혹된다. 사람들은 엘렌이 '왜 남편에게 돌아가지 않는지 모르겠다'고 수군대지만, 아처는 엘렌이 빠져나온 지옥의 처참함을 이해하기에 그녀에게 '제발 유럽으로 돌아가지 말라'고 부탁할 만큼 그녀의 아픔에 공감한다.

당시 뉴욕에서 귀족 가문의 여성이 자발적으로 이혼을 결심하고 새로운 삶을 찾는 것은 하늘에서 별 따기였다. 일단 경제적 자립이 쉽지 않았고, 더 무서운 것은 타인의 질시와 눈총이었다. 어떻게든 '자유'와 '자립'을 얻기 위해 분투하는 엘렌에게 돌아오는 것은 '정숙하지 못한 여자'라는 평판과 '이제는 미국인이 될 수 없는 어중간한 유럽의 보헤미안'이라는 따가운 시선이었다. 뉴랜드는 엘렌의 그 '이방인다움', '어디에도 속하지 못하는 순수'조차 사랑한다. 하지만 그는 관습과 전통을 깨고 메이와의 약혼을 무효로 할 만큼 용감하지 못했다. 그는 여자들도 자유로워야 한다고, 우리 남자들만큼 자유로워야 한다고 주장하지만, 막상 엘렌의 자유를 지켜주기 위해 자신이 무엇을 해야 할지는 알지 못한다. 사랑을 깨닫는 순간 '이 사랑은 불가능하다'는 것을 직감한 엘렌의 외침은 언제 다시 읽어도 가슴 시리다. "나는 당신을 포기해야만 당신을 사랑할 수 있어요." 예나 지금이나 정치가 민주화되어도 개개인의 사유가 민주화되는 것은 요원한 일 같다. 우리는 이제 더 창조적이고 더 예민하며 더 선하고 의로운 사람들이 '남들과 다르다는 이유로' 차별받는 세상을 끝장내야 하지 않을까.

저마다의
가슴속엔
섬이
있어

'섬' 하면 가장 먼저 떠오르는 이미지는 무엇인가.「무인
도」나「바위섬」같은 서정적인 노래가 떠오르는 경우도 있
을 것이고, '엄마가 섬 그늘에 굴 따러 가면'으로 시작되는
아련한 옛 동요가 생각날 수도 있다. 섬은 흔히 고립과 외로
움을 상징하기도 하고, 율도국이나 보물섬처럼 유토피아를
상징하기도 한다. 섬은 육지의 평범한 규칙이 통하지 않는
곳이며, 교통수단이 끊겼을 경우 극한의 고립 상태를 경험
할 수밖에 없는 단독의 공간이다. 섬은 작가들이 특히 사랑
하는 공간이기도 하다.『로빈슨 크루소』의 모험도 무인도
에서 이루어지며,『보물섬』이나『파리 대왕』의 모험 또한
섬이라는 고립된 공간에서 이루어졌다. 섬은 새로운 상상
력이 꽃피는 곳이기도 하고, 육지에서는 이루기 힘든 온갖
다양한 상상력을 실험할 수 있는 공간이기도 하다. 섬은 몽

테크리스토 백작처럼 기나긴 세월 억울한 누명을 뒤집어쓴 채 감옥에 갇혀 있던 사람이 회심의 복수를 준비하는 공간이기도 하다. 육지와는 다른 시간이 흘러가는 곳, 육지와 연결되어 있으면서도 언제든 단절될 수 있는 섬은 매력적인 이야기가 창조될 준비가 되어 있는 신비의 공간이다.

이어도는 (…) 오랜 세월 동안 이 제주도 사람들의 입에서 입으로 이야기가 전해 내려온 전설의 섬이었다. (…) 아무도 본 사람은 없었지만, 제주도 사람들의 상상의 눈에선 언제나 선명한 모습을 드러내고 있는 수수께끼의 섬이었다. 그리고 누구나 이승의 고된 생이 끝나고 나면 그곳으로 가서 새로운 저승의 복락을 누리게 된다는 제주도 사람들의 구원의 섬이었다. 더러는 그 섬을 보았다는 사람도 있었지만, 이상하게도 한번 그 섬을 본 사람은 이내 그 섬으로 가서 영영 다시 이승으로는 돌아오지 않았기 때문에 그 모습을 분명하게 말할 수 있는 사람이 아무도 없는 섬이었다.

― 이청준, 「이어도」, 『이어도』, 문학과지성사, 2015, 110~111쪽.

제주도 사람들에게 환상의 섬, 구원의 섬으로 알려진 이어도는 실제로 존재하기는 하지만 소설이나 민요에서는 '지금은 갈 수 없는 곳', 즉 실현 불가능한 이상향으로서 제시된다. 힘겨운 삶의 고통을 언젠가는 보상해줄 수 있는 곳, 더 이상 고된 노동이나 지긋지긋한 마음고생을 하지 않아도 좋은 곳, 이어도. 이어도는 제주도라는 현실의 거대한 섬이 상상하는 또 하나의 환상의 섬이었다. 섬 속의 또 다른 섬으로서 이어도는 '갈 수 없는 곳'이면서도 '언젠가는 가야 할 곳'으로서 제시되는 아련한 유토피아인 셈이다.

도시의 삶이 지치고 힘겨울 때, 더 이상 앞으로 나갈 수 없다는 절망감이 싹틀 때, 사람들은 불현듯 '어디든 외딴섬으로 떠나고 싶다'는 생각을 한다. 사람들을 만날 수 없다는 것은 고통이기도 하지만 사람과 관계에 지친 이에게는 해방구가 되기도 한다. 이생진 시인의 『그리운 바다 성산포』에 나오는 섬은 바로 그런 욕망, 육지를 떠나 섬의 고립된 삶을 체험하고 싶은 열정에 불을 지핀다. 모든 것을 잊고 한 달만 아름다운 섬에 들어가서 살아보고 싶은 마음. 복잡한 도시와 바쁜 업무와 힘겨운 감정 노동을 잊고, 오롯이 자연이 숨 쉬는 소리만을 듣고 싶은 욕망. 시인은 저 섬에서 한 달만 살

아보자고 독자들을 유혹한다. 저마다의 가슴에 품은 그리움
이 없어질 때까지. 시인은 계속 노래한다. "성산포에서는 /
사람은 절망을 만들고 / 바다는 절망을 삼킨다 / 성산포에서
는 / 사람이 절망을 노래하고 / 바다가 그 절망을 듣는다." 섬
에 있음으로써 문명의 발길과 멀어진다는 것은 그 모든 도
시 문물의 편리함과 결별하고 잠시나마 자신의 존재 자체와
만날 수 있는 자유를 선물한다. 우리는 잠시 불편을 느낄 수
도 있지만 결국 '섬과 나, 이것만으로도 충분하구나'라는 진
실을 깨닫는다. 내 슬픔을 들어주는 바다가 있으니, 내 슬픔
을 삼켜주는 바다가 있으니, 내 슬픔은 외롭지만은 않다는
것을 깨닫는다. 섬은 육지의 복잡한 제도와 규칙, 도시의 화
려한 문명의 흔적을 지움으로써 저마다 마음 깊숙이 간직한
벌거벗은 영혼과 투명하게 만날 수 있는 기회를 준다. 섬은
무엇보다도 '여기와 다른 삶'을 꿈꾸게 하고, 이곳에서 탈출
하여 새로운 삶으로 도주하는 비상구가 되어준다.

　　깊은 밤이 되면 감방을 탈출하는 꿈을 꾸었다.

　　시끄러운 물새도 없고 꽃도 피지 않는 섬.

　　(…)

면회 온 친구들이 내 몰골에 놀라서 울고 나갈 때,

동지여, 지지 말고 영웅이 되라고 충고해줄 때,

탈출과 망명의 비밀을 입 안 깊숙이 감추고

나는 기어코 그 섬에 가리라고 결심했었다.

이기고 지는 것이 없는 섬, 영웅이 없는 그 섬.

— **마종기, 「섬」 중에서, 『당신을 부르며 살았다』, 비채, 2010,**

   174~175쪽.

마종기 시인은 한때 한일회담 반대 성명에 이름을 올렸다가 모진 심문을 받고 군 감옥에 갇혀 군사독재 정권의 폭력성을 체험했다고 한다. 「섬」에는 감옥에 갇혔던 시절, 오직 상상 속의 아름다운 섬으로 탈출하고 싶은 꿈을 꾸며 힘겨운 감옥 생활을 견뎠던 한 젊은이의 방황과 고독이 생생히 드러나 있다. 보리밥 한 덩어리로 끼니를 때우고 곰팡이 냄새 가득한 철창 안에서 무섭고 외로운 시간을 보내면서도, 그를 버틸 수 있게 해준 힘은 "시끄러운 물새도 없고 꽃도 피지 않는 섬", "이기고 지는 것이 없는 섬, 영웅이 없는 그 섬"으로 가고 싶은 뜨거운 희망이었다. 사람들은 그에게 신

념에 찬 위대한 영웅이 되기를, 고통 속에서도 대의를 잊지
않는 초인적인 영웅이 되기를 바랐지만, 그를 견디게 해준
것은 오직 '탈출의 희망'이었다. 이기고 지는 것이 없는 섬,
영웅이 없는 섬. 그것은 누구도 타인에 대해 함부로 가치 평
가를 하지 않는 섬, 어떤 행동에도 화려한 의미 부여를 하지
않는 섬, 그러니 아직은 이 세상에 없는 섬이 아닐까. 이렇듯
섬은 현실을 벗어날 최고의 이상향으로서 예나 지금이나 사
랑받는 꿈의 공간이다. 여러분의 삶 속에는 어떤 환상의 섬,
'나만의 이어도'가 살아 숨 쉬고 있는지. 우리에게는 숨 가쁜
도시에서는 결코 맛볼 수 없는 자유와 해방의 꿈을 보관해
둘 아름다운 저마다의 '이어도'가 필요하지 않을까.

떠날
수밖에
없었던
사람들의
노래

　나는 이용악의 시를 대학생 때 처음 읽었다. 신선한 충격
그 자체였다. 이렇게 슬픈 이야기를 이렇게 힘 있게 써낼 수
있는 시인이 있다니. 무엇보다도 식민지 시대에 이토록 많
은 사람들이 단지 살아남기 위해 정든 고향을 등지고 간도
로 만주로 연해주로 또 수없이 많은 낯선 땅으로 떠나야만
했다는 사실이 믿기지 않았다. '이민' 하면 흔히 '더 행복한
삶을 찾아 떠나는 희망과 꿈'이 떠올랐지만, 그때 그 시절의
이민은 상처와 고통으로 얼룩진 뼈아픈 역사의 일부였다.
이용악은 그렇게 아픈 사연을 가슴에 묻고 하나뿐인 고향
을 떠나야만 했던 털보네, 거북이네, 그리고 스스로의 아버
지에 대한 이야기를 이야기체의 따스함이 담뿍 담긴 아름다
운 시로 빚어냈다. 그리하여 그때 그 시절 그토록 산산이 바
스러진 마음을 안고 고향을 떠난 유이민의 삶에 한 줄기 희

망과 연대감을 안겨주었다. 당신은 결코 혼자가 아니라고. 사랑하는 고향을 등져야만 하는 사람은 당신만이 아니라고. 그러니 언젠가 우리는 다시 만나야만 한다고. 다시 만나 그 토록 정든 고향 땅에서 밭을 일구고, 아이들을 키워내고, 복된 명절을 맞이해야 한다고. 그렇게 속삭이는 것만 같은 이 용악의 시들을 다시금 읽어보고 싶은 요즘이다.

날로 밤으로
왕거미 줄 치기에 분주한 집
마을서 흉집이라고 꺼리는 낡은 집
이 집에 살았다는 백성들은
대대손손에 물려줄
은동곳도 산호관자도 갖지 못했니라

재를 넘어 무곡을 다니던 당나귀
항구로 가는 콩실이에 늙은 둥글소
모두 없어진 지 오랜
외양간엔 아직 초라한 내음새 그윽하다만
털보네 간 곳은 아모도 모른다

찻길이 뇌이기 전

노루 멧돼지 쪽제비 이런 것들이

앞뒤 산을 마음 놓고 뛰어다니던 시절

털보의 셋째 아들은

나의 싸리말 동무는

이 집 안방 짓두광주리 옆에서

첫울음을 울었다고 한다

"털보네는 또 아들을 봤다우

송아지래두 불었으면 팔아나 먹지"

마을 아낙네들은 무심코

차그운 이야기를 가을 냇물에 실어 보냈다는

그날 밤

저릎등이 시름시름 타들어가고

소주에 취한 털보의 눈도 일층 붉더란다

갓주지 이야기와

무서운 전설 가운데서 가난 속에서

나의 동무는 늘 마음 졸이며 자랐다

당나귀 몰고 간 애비 돌아오지 않는 밤

노랑 고양이 울어 울어

종시 잠 이루지 못하는 밤이면

어미 분주히 일하는 방앗간 한구석에서

나의 동무는

도토리의 꿈을 키웠다

그가 아홉 살 되든 해

사냥개 꿩을 쫓아다니는 겨울

이 집에 살던 일곱 식솔이

어데론지 사라지고 이튿날 아침

북쪽을 향한 발자옥만 눈 우에 떨고 있었다

더러는 오랑캐령 쪽으로 갔으리라고

더러는 아라사로 갔으리라고

이웃 늙은이들은

모두 무서운 곳을 짚었다

지금은 아무도 살지 않는 집

마을서 흉집이라고 꺼리는 낡은 집

제철마다 먹음직한 열매

탐스럽게 열던 살구

살구나무도 글거리만 남았길래

꽃피는 철이 와도 가도 뒤울안에

꿀벌 하나 날아들지 않는다

— 이용악, 「낡은 집」, 『낡은 집』, 삼문사, 1938.

마을 사람들이 '흉가'라며 꺼리는 낡은 집이 하나 있다. 찢어지게 가난했던 이 집에는 털보네 가족이 살고 있었다. 예전에는 당나귀와 소가 있었던 외양간엔 이제 아무것도 없고, 털보네가 어디로 이사 갔는지는 아무도 모른다. 털보네 셋째 아들은 바로 화자의 친구다. 셋째 아들이 태어나던 날, 마을 아낙네들은 무심코 털보네를 걱정한다. "털보네는 또 아들을 봤다우 송아지래두 불었으면 팔아나 먹지." 아기가 태어났는데 축하해주지도 못하고, '송아지라도 태어났다면 팔아나 먹지'라고 수군거리는 아낙네들의 모진 마음. 털보네집 가난한 살림살이가 얼마나 걱정되었으면 그들은 그런 '차가운 이야기'를 할 수 있었던 걸까. 갓난아기의 아버지 털보는 소주에 취해 한층 더 붉은 눈을 하고 있었다. 가난 속에

서 늘 마음 졸이며 자란 친구는 어려운 살림에도 불구하고
환한 "도토리의 꿈"을 키우며 자라났지만, 더 이상 가난을
견디지 못한 털보네는 야반도주를 하고 만다. 일곱 식구가
한꺼번에 사라져버렸지만, 눈 위에 발자국만을 남긴 채 떠
나버린 그들의 소식은 누구도 알 길이 없다. 이제 꿀벌 하나
날아들지 않는 낡은 집을 바라보는 '나'의 가슴에는 친구에
대한 그리움과 털보네에 대한 안타까움이 밀려든다.

철없는 누이 고수머릴랑 어루만지며
우라지오의 이야길 캐고 싶던 밤이면
울어머닌
서투른 마우재말도 들려주셨지
졸음졸음 귀 밝히는 누이 잠들 때꺼정
등불이 깜박 저절로 눈 감을 때꺼정

다시 내게로 헤여드는
어머니의 입김이 무지개처럼 어질다
나는 그 모도를 살틀히 담았으니
어린 기억의 새야 귀성스럽다

거사리지 말고 마음의 은줄에 작은 날개를 털라

드나드는 배 하나 없는 지금
부두에 호젓 선 나는 멧비둘기 아니건만
날고 싶어 날고 싶어
머리에 어슴푸레 그리어진 그곳
우라지오의 바다는 얼음이 두텁다

등대와 나와
서로 속삭일 수 없는 생각에 잠기고
밤은 얄팍한 꿈을 끝없이 꾀인다
가도 오도 못할 우라지오

— **이용악, 「우라지오 가까운 항구에서」** 중에서, 앞의 책.

한반도의 최북단에 가까웠던 함북 경성이 고향이었던 이
용악에게 우라지오, 즉 블라디보스토크는 '무서운 곳'이기도
했고 '꼭 가보고 싶은 곳'이기도 했을 것이다. 돈을 벌기 위해
북쪽 나라로 떠나 돌아오지 못한 아버지들이 많았으며, 그

럼에도 불구하고 여전히 북국에 대한 설렘과 동경 또한 강했던 그 시절. 얼음이 꽁꽁 얼어 배가 있어도 배를 띄울 수 없는 추운 겨울날, 소주를 마시고 불쾌하게 취한 시인은 우라지오 가까운 항구에 가서 '떠나고 싶은 마음'을 달랜다. 날개만 있다면, 지천에 널린 저 멧비둘기들처럼 저 머나먼 북국으로 날아갈 수 있을 텐데. 그것이 고난과 슬픔에 찬 여행일지라도 시인은 이곳을 떠나고 싶었으리라.

　현대인에게 '여행' 하면 떠오르는 이미지는 무엇인가. 일탈, 치유, 휴식, 모험, 낯섦, 신선함, 설렘, 두근거림. 이런 긍정적인 단어가 떠오를 것이다. 하지만 이용악의 시가 묘사하는 유랑은 여행의 설렘과는 거리가 멀다. 살기 위해, 단지 살아남기 위해 익숙한 고향을 떠나는 이들의 마음속에는 서늘한 칼바람이 불었을 것이다. 즐기기 위한 떠남이 아닌 살기 위한 떠남. 그 속에는 모진 수난과 슬픔의 역사가 배어 있다. 식민지 시대, 간도로 만주로 연해주로 심지어 멕시코로 떠난 사람들. 그들은 새로운 자극을 위해, 행복과 휴식을 위해 여행을 떠난 것이 아니라 여기보다 조금이라도 더 나은 보수를 받기 위해, 여기에서 더 이상 희망을 찾지 못해 떠나야만 했다.

무엇을 실었느냐 화물열차의

검은 문들은 탄탄히 잠겨졌다

바람 속을 달리는 화물열차의 지붕 우에

우리 제각기 드러누워

한결같이 쳐다보는 하나씩의 별

두만강 저쪽에서 온다는 사람들과

쟈무스에서 온다는 사람들과

험한 땅에서 험한 변 치르고

눈보라 치기 전에 고향으로 돌아간다는

남도 사람들과

북어 쪼가리 초담배 밀가루 떡이랑

나눠서 요기하며 내사 서울이 그리워

고향과는 딴 방향으로 흔들려 간다

(…)

총을 안고 뽈가의 노래를 부르던

슬라브의 늙은 병정은 잠이 들었나

바람 속을 달리는 화물열차의 지붕 우에

우리 제각기 드러누워

한결같이 쳐다보는 하나씩의 별

— 이용악, 「하나씩의 별」 중에서, 『이용악집』, 동지사, 1949.

이 시 속의 주인공들은 사람이 타는 열차가 아닌 화물열차에 몸을 실었다. 화물열차의 검은 문은 탄탄히 잠겨 있고, '인간의 대우'를 받지 못한 채 화물보다 못한 신세가 되어 기차를 탄 이들은 화물열차의 지붕 위에 드러누워 별을 쳐다본다. 저마다 힘겨운 유랑 생활을 마치고 "험한 땅에서 험한 변 치르고" 돌아간다는 사람들. 그들은 북어 쪼가리, 초담배, 밀가루 떡 등 보잘것없는 음식을 나누면서도 바람 속을 달리는 화물열차의 지붕 위에 제각기 드러누워 "하나씩의 별"을 바라보며 설레는 마음을 감추지 못한다. 이 세상에서 나와 내 가족이 함께 드러누울 한 평의 땅이 없어 오늘도 덧없이 유랑하는 신세지만, 저 드넓은 밤하늘에 떠 있는 별만큼은 우리 가슴에 하나씩 가져도 좋을 것만 같다. 하나씩의 별은 '하나씩의 집'이나 '하나씩의 땅덩어리'가 없어도, 우리 가슴속에 지녀도 좋을 꿈과 희망을 담은 자유의 상징이 아닐까. 저마다 소중하게 싸온 먹을 것을 나누며 처음 만났지만 '고향을 떠나 살아가는 이방인의 외로움'으로 어느덧 친구가 되어버렸다. 저마다 외롭고 힘들고 의지할 곳이 없지만

그 외로움이 모여, 그 헛헛함이 모여, '함께 바라보는 별'은
오늘 이 시간을 굳세게 견딜 힘이 되어준다.

그래도
크리스마스잖아요

　일 년 중 가장 많은 사람들이 굳이 이것저것 이유를 따지지 않고 선물을 주고받는 날. 미안하다고, 사랑한다고, 내 마음을 받아달라고 말하는 사람이 있다면 가장 거절하기 어려운 그날. "예수님 생일이 나랑 무슨 상관이 있어?"라고 시니컬하게 말하는 사람도 남몰래 가슴이 두근거리는 그날. 남녀노소 모두가 왠지 그냥 지나치기 아쉬워 종일 가슴이 설레는 그날. 선물을 받지 못하는 아이들, 따뜻한 전화 한 통 받지 못하는 사람들이 마음 아픈 그날. 바로 크리스마스는 가장 세계적인 명절이며 동시에 '기적'이라는 단어와 가장 어울리는 날이기도 하다.

　일 년 중 언제 이런 날이 있을까? 크리스마스 가족 파티! 이보다 더 즐거운 날은 아마 없으리라! 크리스마스라는 이름 자체가 마법인 듯하다. 하찮은 질투심이라든지 불협화음은 잊어버리고 오랫동안 데면데면했던 사람들에게도 다정한 마음이 생겨난다. 마주쳐도 서로 눈길을 돌리고 피해 가거나 지난 몇 달 동안 무덤덤하게 눈인사만 나누었던 부자, 형제, 자매가 진심에서 우러나 포옹하고 지난날의 미움은 현재의 행복에 묻어버리게 된다. 마음은 간절했지만 자부심이나 자존심 때문에 억눌렀던 따뜻한 마음들이 다시 하나가 되고, 친절함과 자비심만이 넘쳐난다!

　— 찰스 디킨스, 이은정 옮김, 「크리스마스 축제」,

　　『크리스마스 캐럴』, 펭귄클래식코리아, 2008, 30~31쪽.

　영화 「크리스마스 캐럴」 속 가난과 왕따를 극복해내고 자수성가에 성공한 장사꾼 스크루지(짐 캐리)는 연민이 없다. 연민이 없기에 사랑도 없다. 사랑이 없기에 누군가를 걱정하지도 배려하지도 않는다. 그리하여 그에게는 그리움도 부러움도 안타까움도 그 어떤 절실함도 없다. 스크루지는 어쩌면 점점 더 타인의 아픔에 무감각해지고, 세상사에 무덤

덤해지는 현대인의 '스스로 선택한 고독'을 상징하는 인물인지도 모른다. 누군가에게 신경 쓰면 인생이 복잡해지니까, 누군가를 배려하면 인생이 피곤해지니까, 오직 자신만을 챙기고 사랑하는 극도의 에고이스트 스크루지. 그가 1년 365일 중에서도 유독 크리스마스를 증오하는 이유는 크리스마스에 사람들이 '쓸데없이' 온갖 선물을 주고받고, 아무런 논리적 이유도 없이 '메리 크리스마스'를 외치며 들썩이고, 그가 가장 싫어하는 '낭비'를 아무런 죄책감 없이 실천하는 날이기 때문이다. 왜 잔치를 하는가? 누구 좋으라고? 왜 남에게 선물을 주는가? 아깝지도 않은가? 나에게 더 큰 이윤이 남는 것도 아닌데 말이다. 스크루지는 크리스마스의 축복을, 크리스마스의 기적을, 크리스마스의 조건 없는 행복을 믿지 않는다.

크리스마스에 사람들은 웃고 떠들고 먹고 마시고 선물하고 덕담을 주고받는다. 그건 정말 낭비일까? 정말 쓸데없을까? 정말 비논리적인 걸까? 찰스 디킨스의 「크리스마스 캐럴」은 바로 이것을 질문하는 것 같다. 사람들은 크리스마스에 왜 조건 없는 사랑을 부르짖는 것일까? 그건 단지 크리스마스 산업의 상술이나 마케팅과는 상관없이, 인류의 상상력

저 밑바닥에서 '누구에게든 어떤 경우든 사랑을 실천해야한다'는 믿음이 작동하고 있기 때문은 아닐까? 크리스마스는 타인에게 선물해야 한다는 '의무감' 때문이 아니라, 누군가에게 아무런 대가도 바라지 않고 소중한 것을 '줄 수 있다'는 무한한 행복의 상징이 아닐까?

세 유령과의
조우

　　　　　　스크루지가 그토록 혐오하는 '메리 크리스마스'를 거리낌 없이 외치며, 거절당할 것을 알면서도 늘 자신의 소박한 크리스마스 파티에 스크루지를 초대하는 조카 프레드(콜린 퍼스). 조카는 사실 스크루지를 도저히 이해할 수 없다. 삼촌은 그토록 돈이 많으면서 왜 삶에 만족하지 않는지. 삼촌은 부족한 것이 없으면서 왜 항상 돈벌이에 혈안이 되어 있는지. 프레드는 가난하지만 사랑이 넘치는 사람이다. 그의 집에는 빵과 우유가 모자랄지언정 항상 사랑과 배려가 넘쳐난다. 그날도 변함없이 조카의 '메리 크리스마스' 인사와 초대를 차갑게 외면한 스크루지는 집에 돌아와 믿을 수 없는 장면을 목격한다. 7년 전에 죽은 동업자 말리가 혼령이 되어 찾아온 것이다. 유령의 존재 따윈 믿지 않는 그에게 말리의 혼령은 간절하게 부탁한다. 살아 있을 때보다 더 살아 있는 것 같은 표정으로. 살아 있을 때보다 더 절실한 목소리로.

"오! 사로잡히고, 속박당하고, 쇠사슬에 칭칭 감긴 이 몸…….
불멸의 존재들은 영겁의 세월을 끝없이 수고하고도 이승에서의 삶은 다 꽃피기도 전에 저승으로 가기 마련인 것을, 그것을 몰랐다니. (…) 아무리 후회한들 잘못 사용한 한 번뿐인 인생이란 기회는 되돌릴 수 없다는 것을 몰랐다니! 하지만 그게 나였네. 아, 나는 그런 놈이었어! (…) 난 인류를 위한 사업을 해야 했어. 누구나 잘사는 그런 사업 말일세. 자비와 박애, 용서, 자선, 이 모든 것이 내가 해야 할 사업이었어. (…) 왜 나는 눈을 내리깔고 이웃 사람들을 외면했던가, 왜 한 번이라도 눈을 들어 동방박사들을 가난한 자들의 거처로 인도했던 거룩한 별을 바라보지 못했던가!"

― 찰스 디킨스, 「크리스마스 캐럴」, 앞의 책, 93∼94쪽.

말리는 스크루지에게 앞으로 일어날 일을 예언한다. 당신에게 세 명의 유령이 나타날 거라고. 그 유령들이 당신을 이끌어주는 대로 가만히 따라가 보라고. 말리는 자신과 같은 후회를 스크루지가 반복하지 않기를 바란다. 더 늦기 전에, 죽음이 새로운 삶을 향한 기회를 영원히 앗아가기 전에, 후회 없는 삶을 살기를 바란다.

첫 번째 유령은 '과거의 크리스마스 유령'이다. 어린아이 같기도 하고 노인 같기도 하며, 정수리에서 찬란한 빛을 뿜어내는 유령은 스크루지를 과거로 데려간다. 그곳은 바로 스크루지가 눈 감고도 걸을 수 있는 고향 길이었다. 그곳에서 우리는 스크루지의 뜻밖의 과거와 만난다. 친구들에게 따돌림당하는 외톨이 소년. 희미한 난로 옆에 놓인 책상에 홀로 앉아 책을 읽고 있는 소년. 구두쇠 영감 스크루지는 오랫동안 잊고 지냈던 예전의 가여운 자신을 바라보며 흐느끼기 시작한다. 그를 돈밖에 모르는 냉혈한으로 만든 것은 사실 자신을 받아주지 않는 세상에 대한 복수심이었다. 스크루지는 어제저녁 자신의 사무실 문 앞에서 크리스마스 캐럴을 부르던 꼬마를 떠올린다. "그 녀석에게 몇 푼이라도 쥐여 줬으면 좋았을 것." 스크루지를 바라보는 유령의 입가에 의미심장한 미소가 스쳐간다. 스크루지는 자신의 아픈 과거를 떠올리며 타인에 대한 '연민'의 감정을 조금씩 회복하기 시작한 것이다.

두 번째 유령은 '현재의 크리스마스 유령'이다. 이 유령은 다정하고 쾌활하며 호쾌한 미소를 아끼지 않는, 풍요로운 크리스마스 이미지와 가장 닮은 유령이다. 그는 스크루지의 바로 곁에 있지만, 스크루지가 한사코 외면하는 사람들의 크리스마스를 보여준다. 오랫동안 박봉과 냉대를 견디며 오직 스크루지를 위해 일해온 크래칫의 집. 크래칫의 아들 '꼬맹이 팀'은 다리를 절고 점점 쇠약해지고 있지만, 희망을 잃지 않는다. 아이는 남들과 다른 자신의 모습을 부끄러워하지 않는다. 오히려 교회에서 사람들이 자신을 바라봐주었으면 좋겠다고 말한다. 절름발이인 자기를 보면, 사람들이 불구의 거지를 걷게 하고, 장님의 눈을 뜨게 한 예수님을 떠올리게 될 테니, 그보다 더 좋은 일이 어디 있겠느냐고. 크래칫은 다가오는 아들의 죽음이 두려워 눈물을 감추지 못한다. 이 모습을 본 스크루지는 유령에게 매달려 애원한다. "오, 제발, 자비로우신 유령님, 저 아이가 죽지 않을 거라고 말해주세요." 그리고 분명하게 깨닫는다. 저렇게 가난

한 식탁에서도, 저렇게 아픈 아이와 함께여도, 크래칫 가족
은 그 누구도 부럽지 않은 행복한 가족이라는 것을.

　결코 특별한 거라곤 없는 가족이었다. 그들은 잘생긴 사람들
도 아니고 옷을 잘 차려입은 것도 아니었다. 신발은 하나같이
방수가 되지 않는 것이었고 옷들도 허름하기 짝이 없었다. 피
터는 전당포 내부라면 제 집만큼이나 훤히 알고 있었다. 그러
나 그들은 행복했고 감사했고 서로에 대해 만족해했으며 함께
하는 시간을 즐거워했다. 그들의 모습은 점점 흐릿해졌지만 유
령의 횃불이 뿌려준 빛 방울 속에서 더욱 행복해 보였다. 스크
루지는 그들 중에서도 특히 꼬맹이 팀에게서 끝까지 눈길을 거
두지 못했다.

　— 찰스 디킨스, 「크리스마스 캐럴」, 앞의 책, 145쪽.

　세 번째 유령은 '미래의 크리스마스 유령'이다. 이 유령은
다른 유령들과 달리 과묵하고 음산한 기운을 뿜어낸다. 그
는 다가오는 스크루지의 참혹한 죽음을 보여준다. 그 죽음

은 한없이 쓸쓸하고 초라하다. 그는 부자로 살았지만, 아무
도 그의 죽음을 슬퍼하지 않는 것처럼 보인다. 게다가 세탁
부, 청소부, 장의사들은 스크루지의 몸과 방에서 '무엇을 뜯
어갈 것인가'만을 고민한다. 그들은 스크루지의 커튼을, 각
종 살림을, 그것도 모자라 스크루지가 덮고 있는 호화로운
이불과 고급스러운 옷까지 벗겨낸다. 그들은 스크루지의
물건들을 약탈하고는 통쾌한 기분을 감추지 못하고, 스크
루지는 얇디얇은 홑이불 하나만 간신히 덮은 채 차갑게 식
어가는 자신의 시체를 바라보며 경악한다.

구두쇠 영감,
산타클로스가 되다

침대 위에는 모든 것을 빼앗긴 채
지켜주는 이도, 울어주는 이도, 돌봐주는 이도 하나 없는 남
자의 시신이 놓여 있었다. 스크루지는 사람들이 행복을 느
끼는 그 모든 이유를 사소하다고 하찮다고 쓸데없다고 무
시해왔다. 그는 이제야 깨닫는다. 바로 그 '사소한 것들'을 외
면했기 때문에 자신이 이토록 고독하고 불행해졌다는 것을.

죽음은 삶을 비추는 가장 투명한 거울이다. 죽음은 삶에 어떤 의미를 요구한다. 죽음보다 두려운 것은 의미 없는 삶이기에. 죽음에 대한 너무도 인간적인 공포가 사랑과 행복으로 가득 찬 타인의 삶에 대한 증오를 이겨낸 것이다. 죽음 앞에서는 그 피도 눈물도 없는 스크루지조차 초조해진다. 제발 단 한 사람이라도 내 죽음을 슬퍼해주기를. 단 한 사람이라도 내 삶의 의미를 되새겨주기를. "혹시 이 마을에 누구라도 이 남자의 죽음으로 마음이 움직인 사람이 있다면 그 사람을 제게 보여주십시오, 부탁입니다." 그의 죽음을 슬퍼하는 사람은 오직 크래칫과 프레드뿐이었다. 그는 이제야 자신이 '바꿀 수 있는 것'이 있다는 것을 깨닫는다. 과거는 결코 바꿀 수 없지만, 미래는 바꿀 수 있다는 것을. 그리고 미래를 바꾸기 위해서는 현재의 자신을 바꿔야 한다는 것을. 스크루지는 이제 그가 잃어버렸던 모든 것, 그가 외면하며 살아왔던 그 모든 것을 오직 지금 한 번뿐이라는 듯 소중한 시선으로 바라보기 시작한다.

스크루지는 교회에도 가고 거리도 걸어 다니고 바쁘게 오가는 사람들도 구경하고 어린아이의 머리를 쓰다듬기도 하고 걸

인에게 이것저것 물어보고 다른 집 부엌을 들여다보거나 창문
을 올려다보기도 하며, 이 모든 것들이 자신에게 즐거움을 줄
수 있다는 사실을 깨달았다. 그는 한낱 산책이 — 겨우 산책에
불과한 일이 — 이처럼 큰 행복감을 느끼게 해줄 거라곤 꿈에
도 생각하지 못했다. 오후가 되자 그는 조카의 집으로 발걸음
을 옮겼다. 그는 용기를 내어 계단을 올라가 문을 두드리기까
지 조카의 집 앞을 열두 번도 더 왔다 갔다 했다. 하지만 결국에
는 용기를 내어 해냈다. "주인아저씨 집에 계시느냐?" (…) 오 분
도 안 돼 스크루지는 자기 집에 있는 것처럼 마음이 편안해졌
다. 이보다 더 따뜻한 환대는 없으리라.

　— **찰스 디킨스, 「크리스마스 캐럴」, 앞의 책, 193~195쪽.**

　이제 스크루지는 인생에서 무엇이 진정으로 중요한가를
깨닫는다. 그는 처음으로 낯선 사람들에게 '메리 크리스마
스'를 외칠 수 있게 된다. 또한 자신을 위해 오랫동안 일해준
크래칫의 월급도 올려주고 병을 앓던 꼬맹이 팀에게는 양부
가 되어주기까지 한다. 그는 기회가 있을 때마다 아낌없이
베푸는 사람이 된다. 크리스마스를 향한 증오의 상징이었던

스크루지가 크리스마스의 기적을 상징하는 존재로 거듭난 것이다. 「크리스마스 캐럴」의 유령은 무섭다기보다 의외로 코믹하고 따뜻하다. 유령은 스크루지를 골탕 먹이러 온 것이 아니라 언제나 센 척하지만 마음 깊은 곳에서는 고독과 불안에 떨고 있는 그를 진심으로 도우러 왔기 때문이다.

크리스마스는 아무런 조건 없이, 서로 전혀 상관없어 보이는 타인끼리도 희망을 주고받는 날이다. 스크루지는 나이 듦이란 사랑하는 것을 하루하루 잃어버려야 하는 고통임을 깨닫는다. 그제야 그는 비로소 '타인의 삶'에 대한 따뜻한 관심을 두기 시작한다. 크리스마스는 바로 '타인에게도 나와 같은 삶이 있다'는 것을 온몸으로 깨닫는 전 인류의 페스티벌인 것이다. 크리스마스의 유령들이 진정으로 깨우치고자 했던 것은 단지 스크루지의 '자린고비 기질'이 아니라, '타인 없이도 살 수 있다'는 스크루지의 오만이었다. '타인이야말로 귀찮은 존재', '타인은 나와 상관없는 존재'라는 믿음으로 무장한 현대인의 무관심. 그것이야말로 유령이 깨뜨리고 싶은 개인주의의 환상이었다. 자신의 처참한 '고독사'의 현장을 지켜본 스크루지는 비로소 죽음의 공포를 통해 삶의 소중함을 깨달았다. 우리 또한 자신의 장례식을 매일 한 번씩 상상하는 일만으로도, 생활 속 템플 스테이를, 생활 속 명상 프로그램을, 생활 속 예수님의 기적을 체험할 수 있는 것이 아닐까.

감굴의
낭만,
감굴의
서정

지금은 어디서나 쉽게 구할 수 있는 과일이지만, 감귤은 한 세기 전까지만 해도 진귀한 과일이었다. 서기 192년 후한 말의 정치가 원술袁術은 당시 여섯 살 소년이었던 육적陸績에게 귤을 대접했다. 소년 육적이 그중에서 3개를 가슴에 품고 나오다가 원술에게 작별 인사를 하는 순간, 귤들이 우르르 땅에 쏟아지고 말았다. 원술은 소년에게 말했다. "나는 그대를 손님으로 대접했는데, 그대는 어찌 귤을 몰래 품고 가는가?" 육적은 공손히 꿇어앉아 이렇게 대답했다 한다. "집에 돌아가서 어머님께 드리고자 했습니다." 원술은 소년의 효성에 감격하여 기특하게 여겼다고 한다. 집에 계신 어머니를 생각하여 자신이 먹고 싶은 마음을 꾹 참은 소년의 마음도 귀하지만, 그 당시 귤이 얼마나 진귀한 과실이었는지도 알 수 있는 일화다.

예부터 군주의 하사품이나 신혼부부를 위한 축하 선물로
귀하게 쓰이기도 했던 감귤은 아무 곳에서나 자라는 과실이
아니었고, 그 향미가 다른 과일과는 대체 불가능했다. 하지
만 그토록 귀한 만큼 농민들의 엄청난 노동을 요구하는 과
실이기도 했다. 강문신의 시집 『나무를 키워본 사람은』에는
감귤을 애지중지하는 농민의 마음이 그려져 있다. "애초 탱
자나무 가시 돋친 그 근성에 / 한 소망 접을 붙였네, 너희는
내 딸이니 / 명문가 우량 혈통이다 꿀릴 것 하나 없는"이라고
자신의 귤들을 자랑스러워하면서도, '다리를 잘라야 살 수
있다'는 담당 의사의 진단에 "다리가 잘리면, (…) 너른 귤 농
장들 한창 크는 그 나무들 / 내 손길 내 눈길 없어도 튼실하
게 자랄까"를 걱정하는 절절한 심정이 가슴을 울린다. 때로
'일만 하다 죽을 거냐?'라고 자문할 때도 있지만, 결국 그는
"내 안의 그리움 하나 다만 다하는 날까지 / 한사코 시어 다
듬듯 귤나무 키우며" 살아가겠다고 다짐한다. 감귤은 그에
게 시어처럼 매만져야 할 작품이기에, 하루라도 일손을 놓을
수 없고, 하루라도 그 감귤이라는 작품을 돌보지 못하면 살
수가 없기 때문이다.

이렇게 힘들여 가꾼 만큼, 잘 익은 과실을 주렁주렁 매달

고 있는 감귤나무는 옛사람들에게도 깊은 감동을 주었다.
송나라의 문인 소식蘇軾은 감귤이 익어가는 시기를 인생에
서 가장 멋진 시절로 묘사했다.

荷盡已無擎雨蓋

연꽃은 지고 나면 비를 받칠 덮개가 없지만

菊殘猶有傲霜枝

국화는 시들어도 서리를 이겨내는 가지가 있다네

一年好景君須記

일 년 가운데 가장 멋진 경치를 그대는 기억해야 하리니

正是橙黃橘綠時

등자나무 열매가 주황빛을 띠고 귤이 푸르러지는 무렵이라네

날씨가 추워져 연잎은 다 떨어지고 국화도 시들어가는데
감귤만은 마치 최고의 호시절인 듯 열매를 피워 올리고 있
다. 가장 늦게 열매 맺고 가장 오랫동안 아름다운 자태를 유
지하는 감귤나무의 기품이 오롯하다. 양나라 간문제簡文帝는
「영귤시詠橘詩」에서 "아무런 장식도 하지 않았지만, 절로 옥

반에 담아 맛볼 만하리"라고 노래했다. 꾸밈없이 소박하여 아무 장식도 없는 듯한 모습이지만 옥쟁반에 소중하게 담아 맛보고 싶을 만큼 소중한 감귤의 향취를 예찬한 것이다. 나아가 감귤은 풍요, 사랑, 존경의 상징이기도 했으며 멈출 수 없는 그리움의 상징이기도 했다. 당나라의 문인 육구몽 陸龜蒙은 귤나무를 바라보며 그리움의 자취를 더듬는다.

橘下凝情香染巾
귤나무 아래에 맺힌 정은 향기 머금은 손수건 같고

竹邊留思露搖身
대숲 옆에 두고 온 그리움은 이슬 맞아 흔들리는 듯

背煙垂首盡日立
연기 등지고 고개를 떨군 채 해가 지도록 서 있자니

憶得山中無事人
문득 하릴없이 산중에 있는 은자가 그리워지네

천천히 꽃피우고 천천히 열매 맺는 감귤나무는 한 사람을 향한 오랜 그리움처럼 느릿느릿 무르익는다. 귤나무 아래

맺힌 정은 향기를 머금은 손수건처럼 오래오래 그 사람의
향기를 간직한 듯하다. 대나무 숲 옆에 두고 온 그리움은 이
슬을 맞은 댓잎처럼 영롱하게 흔들렸으리라. 글쓴이는 누구
를 그리워했기에 해가 다 지도록 고개를 떨군 채 서 있었을
까. 그는 문득 무사인無事人을 그리워했다고 하는데, 불교 용
어로 무사인은 '구할 것도 이룰 것도 집착할 것도 없는 깨달
은 자'라고 한다. 그리워하는 사람은 간절한 마음 때문에 어
찌할 바를 모르고 귤나무를 봐도 대나무를 봐도 오직 그를
생각하는데, 정작 그 대상은 산중에서 모든 것을 깨달아 더
이상 그리움 따위에 집착하지 않는 것인지도 모른다. 누군
가를 그리워하는 사람의 마음에서 뿜어 나오는 순정한 영혼
의 향기를 담은 귤나무의 정취가 아득하다.

　채호기의 시 「감귤」은 가지에 매달린 노란 감귤의 사랑
스러운 모습을 그려낸다. "동그랗게 뭔가를 포옹하고 있는 /
오돌도돌한 감귤 껍질 (…) 시고 달착지근한 말랑말랑한 것 /
실핏줄이 도드라져 보이는 작은 심장." 감귤의 과육 하나하
나가 옹기종기 모여 앉아 꼭 무언가를 소중하게 품어 안고
있는 듯한 모습을 그린 것이다. 감귤은 무엇을 그리도 애틋
하게 포옹하고 있는 것일까. "살아서 두근거리는 연약한 것"

이라는 문장을 읽으면, 감귤 하나를 생각하는데 왜 이렇게 괜스레 마음이 설레나 싶다. 나에게 '제주앓이'를 시작하게 만든 희디흰 귤꽃의 들판, 그 아슴푸레한 귤꽃 향기를 품어 안고 올해도 더 늦기 전에 제주를 향해 감귤맞이 여행을 떠나고 싶다. 늘 귤꽃들이 나를 반갑게 마중 나와 주었는데, 이제는 내가 감귤의 넋을 마중하러 나가야겠다.

맛집을
통해
우리가
꿈꾸는
것들

맛있는 음식에 대한 갈망은 인간의 본성이면서 동시에 문
화적 욕구이기도 하다. 사람들은 맛 좋은 음식과 함께 특별
한 추억을 만들기를 바란다. 모두가 가난했던 시절에는 배
를 채우는 '양 많은 음식'이 무조건 사랑을 받았지만, 이제는
아무리 가게가 멀어도 조금은 비싸더라도 '특별한 날 특별
한 음식'을 먹고 싶은 사람들이 많아졌다. 또한 미디어에서
이른바 '먹방'이나 맛집 탐험 프로그램이 늘어나면서 'TV에
나온 맛집'이라는 간판도 급증했다. 그런데 맛집 프로그램
을 통해 잔뜩 기대에 부푼 사람들이 막상 그 집에 가보면 기
대보다 실망하는 경우가 많다. '눈'으로 맛을 그리는 시각적
행위와 '혀'로 직접 맛을 보는 미각적 행위 사이에는 엄청난
차이가 있는 것이다. 게다가 미디어의 과열된 맛집 프로그
램 경쟁은 '진정한 맛집이란 무엇인가'에 대한 깊은 성찰보

다는 더욱 자극적이고 흥미로운 오락 프로그램을 만드는 데 주력하기 때문이기도 하다.

외국에는 100년은 물론 2~300년이 넘은 오래된 가게들이 있지만, 한국에서는 30년만 넘어도 '대를 이어 장사한다'는 말을 듣는다. 무려 600년 넘는 찬란한 도시 역사를 지닌 서울이지만, 100년을 넘긴 점포가 없다는 것은 무척 아쉬운 일이다. 그런데 이것은 '외식 문화' 자체가 우리에겐 오래되지 않았기 때문이기도 하다. 1980년대 초반까지만 해도 외식은 졸업이나 입학, 결혼과 같은 큰 행사가 있을 때만 이루어지는 것이었고 메뉴도 다양하지 않았다. 88올림픽 이후 고도성장 시대가 도래하면서 외식업계가 엄청난 성장을 일구기 시작했다. 갑작스러운 호황 속에서 그야말로 간판만 달면 불같이 일어나는 집들이 넘쳐나는 시대였다. 80년대 후반에서 90년대에 이르기까지 온갖 삼겹살집, 호프집, 중국집, 돈가스집이 문전성시를 이루었고, 2000년대가 되자 '반짝 유행 아이템'들이 기승을 부렸다. 대표 종목이 찜닭, 불닭, 조개구이였다. 워낙 시시각각 변덕스러운 유행을 타다 보니 몇 년 안 가 업종을 변경하는 음식점들이 많아졌다. 신문에서 맛집을 소개하는 코너가 인기를 끌기 시작했고, 「6

시 내고향」이나 「VJ특공대」 같은 장수 프로그램이 맛집 프
로그램의 전형적 틀거지를 만들어냈다.

2010년대 이후에는 '스타 셰프'라는 용어가 유행하면서
요리는 물론 말도 잘하고 유머 감각도 있으며 돈도 잘 버는
요리사들이 미디어까지 장악하게 되었다. 이제 사람들은 단
지 맛있다는 데 만족하지 않고, 가게 주인과 적극적으로 소
통하고 싶어 하고, '인증 사진'을 통해 그 집에서 밥을 먹었다
는 것을 공인된 기록으로 남기고 싶어 하며, '맛'의 기억을 통
해 그날의 시간을 기록하는 스토리텔링 역할까지 셰프와 맛
집에 기대한다. 그전의 맛집 기행이 '음식' 위주였다면, 지금
은 '요리사'나 '가게 분위기'까지 함께 특별해야 더욱 대중 맛
집으로 등극할 수 있게 된 것이다.

사람들이 맛집을 찾는 이유는 매우 여러 가지다. 일단 맛
있는 음식은 기본이다. 맛이 없는데 인테리어가 좋거나 주
인이 친절하다고 해서 맛집이 되지는 않는다. 두 번째는 '그
날의 특별한 추억'을 만들기 위해서다. 매일 먹을 수 있는 일
상적 요리가 아니라, 뭔가 특별한 비법과 고유한 사연이 있
는 음식점에서 정갈한 식사를 함으로써 '그날의 추억'이 소

중해지기를 바라는 마음이다. 세 번째는 인스타그램이나 페이스북 같은 1인 미디어를 통해 '그날의 주인공'이 되는 체험을 기록하고 싶은 열망이다. 맛집을 찾아가는 교통편과 걸어가는 길에서부터, 메뉴판을 보고 주문하는 과정, 직원의 서비스, 인테리어와 테이블 세팅은 물론 음식이 완성되었을 때의 시각적 이미지, 디저트에 이르기까지 사람들은 '스크롤의 압박'을 느끼면서도 아주 기나긴 이미지와 글을 만들어 블로그에 올리기도 하고, 한 장면 한 장면을 인스타그램에 올리면서 기쁨을 느낀다. 맛집을 방문하는 것이 한 끼 잘 먹는 데 그치는 것이 아니라 일종의 '나만의 스토리텔링'을 위한 문화적 콘텐츠로 변모한 것이다.

진정한 맛집에는 세 가지 요소가 있다. 첫째, 언제 먹어도 좀처럼 변하지 않는 '오래된 맛'이 있다. "텔레비전에 나오더니 맛이 변했어"라는 말을 듣지 않는 집. 언제 가도 변함없는 견고한 맛이 맛집의 기본이다. 둘째, '항상 거기 있는 주인'이다. 주인아주머니나 주인아저씨가 항상 있는 맛집에는 뭔가 그 집만의 독특한 아우라가 풍기게 마련이다. 단지 카운터를 지키는 것이 아니라 사람들 하나하나를 기억하고, 이런저런 대화도 나누고, 오늘은 어떤 식재료가 특히 싱싱

한지 귀띔도 해주며, 세상 돌아가는 일도 이야기할 수 있는
곳은 오직 주인이 늘 지키고 있는 집이다. 셋째, 진정한 맛집
에는 맛뿐 아니라 '사람의 온기'가 스며 있다. 가게가 조금 허
름해도 인테리어가 촌스러워도 사람을 오래오래 맞아본 집
만이 풍기는 아늑함과 푸근함이 공간 구석구석에 감돈다.
벽에 가득한 낙서조차 지저분해 보이지 않고 오히려 정감
어린 느낌을 주는 것이다.

　나는 단골 맛집을 항상 찾아가기보다는 낯선 여행지에서
우연히 숨은 맛집을 찾는 기쁨을 좋아한다. 하이델베르크의
어느 골목길에서 먹은 버섯 스테이크는 한겨울의 추위와 여
행자의 수심을 한꺼번에 녹여주는 최고의 맛을 선사했고,
톨레도의 구불구불한 언덕길에서 먹은 매콤한 새우 파에야
는 짬뽕과 떡볶이가 그리웠던 그 겨울의 향수를 어루만져
준 훌륭한 음식이었다. 남해 다랭이마을에서는 눈부신 에
메랄드빛 바다를 앞마당처럼 넉넉하게 끌어안은 작은 식당
을 발견했다. 텔레비전에 나온 적도 없지만, 간판도 조그맣
고 가게도 허름하지만, 주인아주머니의 음식 솜씨가 일품이
었다. 서울에서는 찾아보기 힘든 싱싱한 멸치 쌈밥, 직접 만
든 막걸리의 상큼하고도 고소한 맛, 채소부터 된장, 고추장,

간장에 이르기까지 식재료를 하나하나 자기 손으로 만들어
낸 정성이 모든 음식에서 절절히 느껴졌다. 유명하기 때문
이 아니라, 텔레비전에 나오기 때문이 아니라, 우리의 발걸
음을 저절로 멈추게 하는 맛, 그리고 푸근한 정성과 사람 사
는 정겨움이 느껴지는 맛. 그런 맛을 오랫동안 변함없이 넉
넉하게 끌어내는 곳이야말로 우리 마음속 진정한 맛집이다.

누군가를
온몸으로
환영한다는
것

사람이 온다는 건

실은 어마어마한 일이다.

그는

그의 과거와

현재와

그리고

그의 미래와 함께 오기 때문이다.

한 사람의 일생이 오기 때문이다.

부서지기 쉬운

그래서 부서지기도 했을

마음이 오는 것이다 ― 그 갈피를

아마 바람은 더듬어볼 수 있을

마음,

내 마음이 그런 바람을 흉내낸다면

필경 환대가 될 것이다.

— 정현종, 「방문객」, 『광휘의 속삭임』, 문학과지성사, 2008, 55쪽.

새로운 장소에 가는 것이 늘 긴장되는 이유는 무엇일까. 그곳에서 나를 진심으로 반겨줄까 하는 걱정이 우선 앞서기 때문이다. 입장을 바꿔봐도 마찬가지다. 내 마음 상태가 건강해야 어떤 손님이든 상관없이 반갑게 맞아들일 수가 있다. 억지로 웃음을 띤다든지, 겉으로만 반가운 척 연기를 하면 대번에 상대방이 알아차릴 것이다. 사람을 진심으로 반갑게 맞아들인다는 것, 환대는 단지 표정이나 말씨의 문제가 아니라 '한 사람의 일생'과 '한 사람의 일생'이 마주치는 최고의 경험이다. 정현종 시인의 「방문객」은 '환대'에 숨겨진 경이로움을 이렇게 그려낸다. 사람이 온다는 것은 실은 어마어마한 일이라는 것을, 한 사람이 온다는 것은 그의 과거와 현재와 미래까지 함께 온다는 뜻이라는 것을. 정말 그렇지 않은가. 우리가 누군가를 사랑할 때 그 사람의 '멋진 부분'만 살뜰하게 골라 예뻐하는 것은 아닌 것처럼, 한 사람을

맞이한다는 건 그 사람의 현재뿐 아니라 과거와 미래까지
도, 어쩌면 그를 둘러싼 복잡한 환경까지도 맞아들일 수 있
는 넉넉한 품을 필요로 하는 것이 아닌지.

　현대인은 '진심 어린 환대'와 '예의상 환대'를 잘 구별해내
기 힘들다. 항상 상업적 환대에 길들어 있기 때문이다. "반갑
습니다, 고객님", "어서오세요, 고객님"이라는 인사가 갈수
록 요란해지는 요즘이다. 처음 보는 손님에게 "사랑합니다,
고객님"이라고 할 때는 듣는 사람도 살짝 민망해진다. 지하
주차장에서 추운 겨울에도 얇은 옷을 입고 고객들에게 환
한 미소로 인사하는 직원들을 볼 때마다 가슴이 시리고, 이
런 과잉된 환대의 표현 또한 그들이 매일 감수해야 하는 힘
겨운 감정 노동이 아닐까 싶다. 환대의 외적 표현은 과해지
고 '우리 마음속에서 우러나오는 진정한 환대의 감정'을 진
심으로 느끼기는 더욱 어려운 세상이 되었다.

　그렇다면 온몸으로 누군가를 반긴다는 것은 어떤 의미일
까. 시인은 이렇게 속삭인다. 누군가가 온다는 것은 "부서지
기 쉬운 / 그래서 부서지기도 했을 / 마음이 오는 것"이라고.
부서지기 쉬운 마음, 아마 어디선가 부서지기도 했을 마음,

그 마음을 가만히 상상해보는 것. 그 사람이 행여나 상처받지 않았을까, 여기 오기 전 어딘가에서 가슴 아플 일이 있지는 않았을까 상상해보는 마음. 그것이 바로 진정한 환대가 아닐까. 따뜻한 차 한 잔이라도 준비하여 그의 상처 입은 마음을 어루만져 줄 준비를 하는 것. 내 이야기를 마구 떠들기보다는 그 사람의 말을 들어줄 준비를 하는 것. 그것이 환대의 마음가짐일 것이다.

정현종의 시 「방문객」을 읽고 있으면, 우리가 잃어버린 환대의 감정이 무엇인지를 새삼 되새기게 된다. 어쩌면 '환대'라는 것은 그저 간단한 마음의 준비만으로는 되지 않는 일이 아닐까. 그 사람의 온 일생을 받아들일 준비, 그 사람의 아픔과 미움과 슬픔까지도 받아들일 준비, 그가 떠나고 난 뒤 내가 겪어야 할 공허감과 쓸쓸함까지도 받아들일 준비가 되어 있어야 비로소 누군가를 진정으로 환대하는 것일 터이다. 이 시에서 이 반가운 환대의 대상을 '시간'이나 '새해'로 바꾸어보는 것은 어떨까. 새해가 온다는 것은 그와 함께 온갖 미래, 온갖 우연, 온갖 예측 불가능성이 함께 온다는 것이다. 그 예측 불가능성이 두렵기보다 아직 설레는 것은 우리 마음이 젊다는 증거가 아닐까.

작심삼일로
실망하는
날엔

1월 1일부터는 무언가 인생을 바꿀 거창한 계획을 세우
지만, 일주일이 못 가 포기해버리는 경우가 많다. 금연과 다
이어트, 매일 일기 쓰기나 운동하기 등등. 우리는 수많은 계
획을 연초에 세우지만 갑자기 삶의 방식을 바꾸는 일은 무
척이나 어렵다. 내가 몇 년간 계속 실패했던 '365일 매일 실
천하기' 프로젝트 중 하나는 일기를 쓰는 것이었다. 여러 번
'365일 매일 일기 쓰기'에 도전했지만 한 번도 제대로 지켜
본 적이 없어서 금세 그만두기 일쑤였다. 가끔은 그렇게 무
섭던 담임 선생님의 일기장 검사가 그리워지기도 했다. 그
래도 초등학교 시절에는 선생님의 '참 잘했어요' 도장을 받
기 위해 열심히 일기를 쓰곤 했으니까. 올해도 역시 작심삼
일의 그늘에서 벗어나지 못했지만, '며칠 건너뛰어도 실망
하지 않고 계속 나아가기'를 2차 목표로 삼았다. 그러자 하

루 이틀 일기를 못 써도 '또 오늘부터 새로 시작하는 거지, 뭐'라고 스스로를 다독거리는 마음가짐이 생겼다.

이런 작은 마음가짐의 태도가 큰 변화를 낳았다. '매일매일 일기 쓰기'와 같은 약속 자체보다도 '스스로를 지나치게 닦달하지 않는 마음가짐'이 훨씬 더 중요한 것임을 깨달은 것이다. 우리는 '하면 된다'라는 자기암시와 '꿈은 이루어진다'라는 구호로 너무 오랫동안 스스로를 갈구고 괴롭히며, 자기 자신에게 실망하고, 스스로를 비판하는 일에 익숙해진 것이 아닐까. '하면 된다'는 태도는 불도저식으로 지나치게 일의 진행을 밀어붙이는 습관을 낳기도 하고, '꿈은 이루어진다'는 구호는 꿈이 이루어지지 않았을 때의 실망감을 극복하기 어렵게 만드는 것은 아닌지. 작심삼일보다 더 안타까운 것은 몇 번의 실패로 스스로를 평가절하하고, 몇 번의 실수로 자신을 미워하는 마음의 습관이 아닐까 싶었다. 자기 징벌의 마음 습관은 엄청난 결과를 초래한다. 얼마든지 할 수 있는 일도 일단 '에이, 안 될 거야. 저번에도 못 했잖아'라는 식으로 스스로의 가능성을 닫아버리는 것이다.

푸시킨의 시 「삶이 그대를 속일지라도」에서 "삶이 그대

를 속일지라도 슬퍼하거나 노여워하지 말라"라는 첫 문장
은 워낙 유명하지만, 나는 그 뒤의 구절이 더 좋다. "마음 아
픈 날엔 가만히 누워 견디라, 즐거운 날이 찾아오리니. 마음
은 미래를 산다. 지나치는 슬픔엔 끝이 있게 마련 모든 것은
순식간에 날아간다. 그러면 내일은 기쁨이 돌아오느니." 마
음 아픈 날엔, 작심삼일로 인해 스스로 실망하는 날엔, 그냥
가만히 누워 견뎌보자. 어쩌면 삶의 진검 승부는 끊임없이
성취하는 것보다 '때로는 그저 가만히 누워 견딜 수 있는 마
음'으로 결정될 때도 있으니. 너무 앞서가려 하기보다 '지금
있는 그대로의 나'를 견디고 이해하고 존중하는 것이야말로
우리에게 절실한 마음가짐이 아닐까. 나는 이제 '하면 된다'
대신에 때로는 '안 해도 괜찮은 일'을 생각해보고, '해도 안
될 때는 다른 길로 돌아가기'를 택하곤 한다. '꿈은 이루어진
다'는 구호에 집착하는 대신, '꿈이 이루어지지 않아도 괜찮
은 다른 길은 없을까'를 생각해보기도 한다. 그것은 꿈을 포
기하는 것이 아니라 '꿈을 다른 방식으로 실천하는 길'을 찾
아보는 좀 더 여유로운 마음가짐이다. 나 자신을 밀어붙이
고 다그치고 후회하는 대신, 다독이고 쓰다듬고 보살펴주
기. 새해의 진정한 365일 마음 챙김 프로젝트는 이런 소박
한 마음가짐의 변화로 잡아보는 것이 어떨까.

아버지,
비록
나를
버리셨을지라도

마지막으로 칠공주를 불러다가 물었다.

"네가 가려느냐?"

"국가에 신세는 지지 않았지만, 어마마마 배 안에 열 달 들어 있던 공을 갚기 위해 소녀가 가겠습니다."

"구슬가마를 주랴, 비단가마를 주랴."

"홀로 말을 타고 가겠습니다."

— **최원오, 「바리데기」, 『당금애기 바리데기』,**

　현암사, 2010, 110쪽.

어릴 적 교과서에서 배운 고전문학 중 가장 투덜거리면서 읽은 작품이 바로 「심청전」이다. 세상에, 눈먼 아버지와 살며 고생하다 아버지 눈 뜨게 해주겠다고 목숨을 파는 심청을 '여성 롤 모델'로 만들어도 되는 것인가? 이런 삐딱한 반발심과 함께 죄책감이 밀려왔다. 나는 심청이만큼 부모님을 향해 '올인'할 수 없을 것 같아서다. 궁여지책으로 '어떻게 부모님을 위해 죽음도 불사할 수 있을까' 하는 의혹을 애써 뒤로한 채, 열심히 효와 권선징악이라는 교육용 키워드를 우격다짐으로 머릿속에 구겨 넣었다. 그러면서도 간교하게 내심 우리 엄마 아빠는 아무리 힘들어도 나를 인당수에 밀어 넣지는 않을 거라고 위안했다. 말하자면 심청이 인당수에 몸을 던지는 잔혹한 장면이 일종의 트라우마로 자리 잡아버렸던 것 같다.

사나운 바람이 아우성치고 성난 물결에 배가 곤두박질하는데, 심청이는 다 빌고 나서 뒤로 펄쩍 주저앉았다가 다시금 겨우 뱃전을 잡고 일어나서 이번에는 도화동을 향하여,

"아버지, 나 죽소! 어서 눈을 뜨옵소서!"

한마디 애처로이 부르짖고 마지막으로 큰절을 드리더니, (…) 샛별 같은 눈을 감고 치마폭을 뒤집어쓴 다음, 이리저리 저리이리 뱃머리로 와락 나가 풍덩 뛰어드니, 물은 인당수요, 사람

은 심 봉사 딸 심청이다. 인당수 깊은 물에 떨어진 한 송이 아름
다운 꽃, 과연 헛되이 물고기 밥이 된단 말인가.

　— **옛사람, 림호권 외 고쳐 씀, 「심청전」,**

　　『심청전, 채봉감별곡, 장화홍련전』, 보리, 2007, 84～85쪽.

　겨우 열다섯 살인, 그러니까 「심청전」을 읽을 당시 나와
동갑인 심청이 아버지의 눈을 뜨게 하기 위해 목숨을 내던지
는 그 장면. 이 장면이 유발하는 극한 공포 때문에 나는 심청
이 다시 살아나 황후가 된다는 이후의 스토리는 눈에 들어오
지도 않았다. 그런 공포는 꽤 오랫동안 무의식 속에서 자가
증식했다. 나에겐 부모님을 위해 죽을 용기(?)가 정말 없을까
봐, 생사의 갈림길에 서야 할 일이 정말 생길까 봐 말이다.

겨우 효도 따위에
그칠 리 없어

　　　　　　　　　대학생이 되어 「심청전」을 다시

읽었을 때, '이건 효도를 핑계로 아동 학대를 합리화하는 엽기 살인극이 아닐까'라고까지 생각했다. 태어나서 겪어본 것은 고생밖에 없는 심청이 이 꼴 저 꼴 보기 싫어 마침내 자살해버린 것이라고도 상상해보았다. 여하튼 어린 마음에도 분명히 감지했던 것은 「심청전」은, 아니 이 고전을 추앙하는 교육 프로그램은 이 세상 모든 '딸들'에게 지나친 '강요'를 하고 있다는 점이다.

　「심청전」 이후에 접한 「바리데기」 신화는 이러한 두려움을 더욱 강화시켰다. 말하자면 두 작품은 이 세상 모든 딸에게 일방적으로 효도를 강요하는 일종의 '커플 사기단'(?)으로 인식되었고, 나는 늘 심청과 바리의 자발적 선택보다 심청과 바리를 그렇게 만든 '상황'에 분노하곤 했다. 그들을 그렇게 만든 부모를 원망하느라 그들이 모험을 통해 만난 '새로운 세상'은 간과한 것이다. 고전문학 속 바리데기와 심청은 머릿속에서 나도 모르게 시너지 효과를 일으켜 효성 담론 자체에 대한 강한 거부감을 무럭무럭 키웠다. 내가 커서 아이를 낳으면 자식들에게 '치사하게' 효심 따위를 바라진 않으리라, 코믹하고도 비장한 각오를 다지기도 했다. 자식에게 대놓고 효도를 요구하는(!) 부모는 정말 나약하고 무능하

고 파렴치해 보였다. 우리 세대는 부모님과 친구처럼 지내
는 것을 이상적으로 보지만, 아직 집안에서는 기존의 '수직
적 관습'과 최근의 '수평적 욕망' 사이의 균열이 완전히 메워
지지 않고 있었다. 미국 드라마 「길모어 걸스」에 등장하는
친구보다 더 친구 같은, 만만하고 친밀한 엄마가 마음속 이
상형이지만 현실에서는 찾기 어려웠다.

　나는 심청과 바리를 잘 알지도 못하면서 무의식 속에서
혐오하는 나 자신을 발견했다. 혹시 나는 이 사회가 부과하
는 장녀 콤플렉스와 '엄친딸' 콤플렉스에 시달린 끝에 효도
자체를 혐오하는 것이 아닐까? 효도란 자식의 노동력을 합
법적으로 착취하기 위해 고안된, 철저히 부모 중심적인 판
타지가 아닐까 의심하고 또 의심했다. 그런데 시간이 지나
면서 실제로 심청과 바리의 진정한 테마가 효도가 아닐지
모른다는 의혹이 고개를 들었다. 어느 날 「바리데기」 신화
를 다시 읽으며 무릎을 치고 기뻐했다. 맞아, 맞아! 바리공주
의 스케일이 겨우 효도 따위에 그칠 리 없어. 바리의 무대는
우주요, 그녀의 적수는 운명이고, 그녀의 무기는 사랑이었
다. 바리데기의 사랑은 자신을 버린 인간 모두를 구원하고
그 대가를 한 톨도 바라지 않는, 부피도 경계도 측정할 수 없

는 가없는 사랑이었던 것이다.

효성의 틀로 심청의 캐릭터를 가두지 않으려는 움직임은 각종 문학 작품에서 다양한 패러디 형식을 빌려 실현된 바 있기도 하다. 김승희 시인의 「배꼽을 위한 연가 5」에서 현대 여성으로 각색된 심청은 인당수에 빠지는 대신 어머니께 점자책을 사드리겠다고 말한다. "인당수에 빠질 수는 없습니다 / 어머니, / 저는 살아서 시를 짓겠습니다 // 공양미 삼백석을 구하지 못하여 / 당신이 평생을 어둡더라도 / 결코 인당수에 빠지지는 않겠습니다 (…) 그 대신 점자책을 사드리겠습니다 (…) 우리는 스스로 눈을 떠야 합니다"라고.

바리, 커다랗고
드넓은 자

바리공주는 현대사회의 '알파걸'도 감당할 수 없을 것 같은 엄청난 통과의례를 거쳐, 자신을 헌신짝처럼 내팽개친 아비의 목숨을 구한 후에도, 아직 '미션'이 끝나지 않았다고 여긴다. 바리공주의 아버지 오구대왕은

"너에게 나라의 반을 주랴? 사대문에 드는 재물을 주랴?" 하고 바리공주에게 묻는다. 젖 한번 제대로 물리지 않고 딸을 버리고선, 이제와 자신의 목숨을 구해준 대가로 권력이나 화폐를 제시하는 무정한 아버지. 그런 아버지의 제안을 바리는 단호히 거절한다. 그녀는 자신을 버린 가족뿐 아니라 자신을 키워준 바리공덕 할아비와 할미, '저승 여행' 도중에 낳은 일곱 아들에게도 골고루 은덕을 베푼다. 그러고는 '저승과 이승 사이를 오가는 샤먼'이 되겠다고 선언한다.

"너에게 나라의 반을 주랴? 사대문에 드는 재물을 주랴?"

"나라도 지녀야 나라이고 재물도 지녀야 재물입니다. 소녀, 부모 슬하에 있으면서 잘 먹고 잘 입지 못하였으니 무조신巫祖神(무당의 조상신)이 되겠습니다."

그리하여 칠공주 바리데기는 수놓은 저고리, 일곱 폭 치마, 수놓은 신발, 몽두리, 방울, 붉은 띠, 부채를 가지고서 백재일과 육재일에 죽은 사람을 천도하는 무조신이 되었다.

— 최원오, 앞의 책, 122쪽.

문수보살의 몸주(강신무가 몸의 주인, 즉 수호신으로 섬기는 신)가 되어 죽은 사람들을 천도하고 이승과 저승을 계속 넘나들겠다는 것, 그것이 바리의 소원이었다. 그녀는 자신과 관련된 주변 사람들의 인생 전체를 바꾸는 엄청난 내공을 발휘하고는, 저승과 이승을 오가며 망자의 길잡이가 되겠다고 결심한다. 여전히 재물이나 명예 따위로 자식의 환심을 사려는 오구대왕의 소유욕과 집착을 거부하는 당찬 풍모야말로 그녀의 스케일을 보여주는 것이 아닐까. 그녀는 부모가 품기에는 너무 거대한 딸이었다. 왕국 정도를 통치하는 부모는 결코 담을 수 없는 도량을 가진 딸 바리의 진짜 재능은 효성이 아니다. 주변 사람들의 운명을 바꾸고, 그들의 마음에 쌓인 각종 원한과 분노를 삶에 대한 의지로 바꾸며, 마침내 인간의 가장 커다란 한계인 '죽음의 공포'를 극복하게 만드는 것이 그녀의 힘이며, 그녀가 선택한 새로운 인생이었다. 「바리데기」는 부모의 계산과 짐작을 벗어던진 딸의, 아무리 버려지고 짓밟혀도 사그라지지 않는 생의 에너지를 증명하는 텍스트가 아닐까.

나처럼 버려진
존재들을 위해

바리데기는 단지 '또 딸'이라는 이
유로 처절하게 버려진 자신의 처지를 비관하지 않는다. 그
녀는 풀벌레를 친구 삼고 풀뿌리로 연명하고 나뭇잎으로 옷
을 삼으면서도 당차고 명랑하게 성장한다. 자신을 버린 아
비를 살리기 위해 저승 세계를 여행하며 죽을 고생을 한 후
더욱 '나처럼 버려진 것들'에 대한 커다란 사랑을 키운 것이
아닐까. 그녀는 저승 여행길에서 만난 사람들을 돕고 고민
을 들어주며 그들의 삶과 죽음을 함께 아파한다. 바리의 진
정한 재능은 타인의 고통을 자신의 몸에 난 상처처럼 아파
하고 공감하는 데 있었다. 저승의 길잡이가 되려는 그녀의
꿈은 한 나라의 공주에 안주하지 않는, 세속의 부귀영화에
그치지 않는 원대한 꿈이 아니었을까. 그 꿈은 단지 남녀 간
의 사랑이나 부모의 사랑을 넘어 언젠가는 죽을 수밖에 없
는 모든 존재에 대한 더 큰 사랑이었다. 바리데기는 죽은 사
람의 죄를 징벌하는 공포의 사도가 아니라, 타인의 죄악과
원한도 자신의 품 안에서 보듬으며, 죽음으로 가는 길이 외
롭지 않도록, 저승으로 가는 길이 무섭지 않도록 일일이 손

잡아주는 따스한 안내자가 된다. 결점 많은 필멸의 인간들을 호통치고 야단치는 죽음의 신이 아니라 보듬고 달래고 구슬리는, 따스하고 자비로운 여신의 이름, 바리.

　바리와 심청은 철저하게 버려진 존재였다. 바리는 단지 딸이라는 이유로, 심청은 아버지의 눈을 뜨게 하기 위해. 그들이 죽음의 위기를 극복하고 부모의 질병을 치료해주는 것은 두 이야기의 공통점이지만 더욱 중요한 것은 '이후에' 펼쳐지는 그들의 삶이다. 심청은 바닷속에서 무엇을 보았을까? 바리공주는 서천에서 무엇을 체험했을까? 우리는 그들의 '고난'에 눈이 팔려 그들의 눈에 비친 세계의 참혹함과 그들이 고통의 문턱을 넘어 만난 세계의 오아시스를 놓친 게 아닐까? 오이디푸스는 운명을 거부함으로써 더 큰 운명의 복수에 휘말렸고, 아버지의 짐을 피하려다 오히려 아버지보다 더 큰 짐을 떠안았다. 심청과 바리의 용맹은 '순종'이 아니라 그 가혹한 운명을 '긍정'했다는 데 있다. 둘은 오이디푸스 못지않게 처절하게 버려졌지만 부모에게 복수를 하거나 부모를 죽이는 우를 범하지 않고 오히려 자신을 버린 이들을 껴안아 새 삶을 열어준다. 바리가 공주로서 누릴 수 있는 모든 혜택을 거부하고 저승의 안내자가 되고 싶다 했을 때, 그녀의 꿈은 단지 효도나 출세가 아닌, 그보다 더 큰 것, 그 어떤 수량적 척도로도 계산되지 않는 훨씬 커다란 세계를 향해 있었다. 바리는 목숨을 건 모험이 끝나자 더 위험천만한 모험 속으로 자신을 던진 것이다.

누구나 바리가 되고 누구나 심청이 될 수 있다. 아버지가 장님이라거나 폭군이라는 식의 상황은 '메타포'다. 현실엔 그보다 더 지독한 아버지가 많으니. 심청과 바리는 우리가 언제고 마주칠 수 있는 운명의 사슬, 부모와 자식 간에 놓인 필연적 덫을 그 딸들이 어떻게 지혜롭게 '끊었는가'를 보여준다. 바리와 심청의 이야기는 '부모의 은혜를 갚는' 보은의 메커니즘이 아니라 부모와 맺어진 인연을 집착이 아닌 사랑으로 바꾸는, 이제 더는 부모에게 진 마음의 빚 때문에 사사건건 얽매이지 않는 '자유의 서사'였던 것이다. 얄궂은 효도의 압박을 끊어내고 심청과 바리를 다시 보니 그녀들의 이야기는 웬만한 영웅 서사를 압도하는 흥미진진한 스케일로 꿈틀거리기 시작했다. 부모의 속박으로부터 벗어나 진정 자유로워지는 이야기, 운명의 사슬을 이빨로 물어 끊는 이야기, 나아가 내게 주어진 운명보다 더 큰 운명을 움켜쥐고 날아오르는 여인들의 이야기로.

　　심청은 단지 '내 아버지' 한 명을 살린 것이 아니라, 잔치를 벌여 맹인들을 불러 모은 뒤 그 모두를 눈 뜨게 하고 운명을 바꿨다. 그녀의 임무는 단지 '한 아버지의 딸'로 머무는 것이 아니라 만백성을 깨우치게 하는 지혜의 카니발을 여는 것이 아니었을까. 옛사람들이 이 판소리의 마지막 장면에서 얼마나 크게 웃고 떠들었으며 신바람 넘치는 카니발의 열기에 후끈 달아올랐을까.

　　"아버님, (…) 내가 죽은 심청으로, 살아서 황후가 되었소." (…)

　　심 생원이 크게 기뻐하여,

　　"얼씨구, 신통하다!"

　　불끈 일어서서 팔 벌리고 춤을 추니, 수만 명 맹인들이 이 내력을 다 듣고서 머리를 조아리고 감사하며 여쭈오되,

　　"천고의 효녀로서 부친 눈을 뜨게 하였으니, 만민의 모후시니, 신등의 눈도 뜨게 하옵소서."

　　네 번 절하고 일어나니, 수만 명 맹인들의 눈이 여름 하늘 번개같이 여기서 번득 저기서 번득 일시에 다 뜨는데, 천연두로 잃은 눈과 안질로 잃은 눈은 두 눈을 다 떴으며, 아직 배 안에 있는 봉사는 눈을 하나씩 떴구나. (…)

풍악을 울려, 헤어졌던 사람을 다시 만난 것을 기리는 잔치와 태평한 세월을 축하하는 잔치를 겸하여 하시는데, 용과 봉황을 새긴 악기와 슬픈 거문고, 장쾌한 피리, 당나라의 장고 소리, (…) 심 생원과 새로 눈 뜬 사람들이 모두 궁궐의 뜰에 늘어서서 장단 없는 춤으로되 제멋대로 벌이고서 그 덕을 기리는구나.

"좋을씨고! 구 년 동안의 긴 장마 끝에 볕을 보니 좋을씨고! 칠 년 동안의 긴 가뭄 끝에 큰비 오니 좋을씨고! 얼씨구, 지화자!

눈 내리고 찬 바람 부는 추운 날에 해를 보니 반갑도다!

삼경 한밤중의 캄캄할 때 달이 떠오니 반갑도다! (…)

온 세상에 비를 뿌리시니, 썩은 뼈에 살이 나고 마른나무에 꽃이 피었구나! 얼씨구, 지화자!

캄캄한 우리 눈이 부모 얼굴을 모르더니 밝고 밝은 이 세상의 오색을 분간하겠구나!

일월성신을 보겠구나! 산천초목을 보겠구나! 아름다운 궁궐을 보겠구나! 의관문물을 보겠구나! 얼씨구, 지화자!

다시 살아난 은혜를 입었으니 무엇으로 보답하리!"

— 최혜진 외 풀어 씀, 「심청가」, 『신재효 판소리 사설집』,

민속원, 2012, 168~169쪽.

12월의 화가

에곤
실레

에곤 실레

Egon Schiele

　　　　　　　　　　1890년 오스트리아 툴른에서 태어났다.
1906년 빈 미술 아카데미에 입학하고, 비슷한 시기 클림트를
찾아가 예술적으로 깊은 영향을 주고받는다. 1909년 보수적
교육에 반발해 아카데미를 떠나 동료들과 새로운 예술가 그룹
Neukunstgruppe을 결성한다. 그는 풍경화뿐 아니라 인간 본연
의 형상을 표현하는 데 집중하여 길쭉하고 왜곡된 모습의 자
화상과 에로틱한 초상화를 그려냈다. 격렬하면서도 거친 선들
은 기묘함과 불안감을 자아내며 지극히 내밀한 감정에 호소
한다. 1910년대 초반부터 유럽 곳곳에서 작품을 전시했으며
1918년 제49회 빈 분리파 전시회에 참가해 예술적·경제적
성공을 거두지만 같은 해 스페인 독감으로 28세에 사망한다.

두근두근
반짝이는 설렘을 간직한다는 것

지은이　　　　정여울

2018년 12월 25일 초판 1쇄 발행

책임편집　　　홍보람
기획 · 편집　　선완규 · 안혜련 · 홍보람
기획위원　　　이승원
디자인　　　　형태와내용사이
타이포그래피　심우진 one@simwujin.com

펴낸이　　　　선완규
펴낸곳　　　　천년의상상
등록　　　　　2012년 2월 14일 제2012-000291호
주소　　　　　(03983) 서울시 마포구 동교로45길 26 101호
전화　　　　　(02) 739-9377
팩스　　　　　(02) 739-9379
이메일　　　　imagine1000@naver.com
블로그　　　　blog.naver.com/imagine1000

ISBN　　　　979-11-85811-74-1 03810

잘못된 책은 구입처에서 바꾸어드립니다.
이 도서의 국립중앙도서관 출판예정도서목록(CIP)은 서지정보유통지원시스템 홈
페이지(http://seoji.nl.go.kr)와 국가자료공동목록시스템(http://www.nl.go.kr/
kolisnet)에서 이용하실 수 있습니다. (CIP제어번호 : CIP2018040495)